Féeries et Légendes des Dames de Brocéliande

Textes et illustrations
Sandrine Gestin

Au Bord des Continents... Éditions

Les Dames de Brocéliande

J'ai ramassé un petit caillou par terre.
Un de ces petits cailloux bien ordinaires, gris, lisses et ronds, qu'on aime toucher, caresser.
Et plutôt que de le glisser dans ma poche ou de le laisser tomber au sol, je l'ai gardé en main.

Toute la journée.

Toute la semaine.

Il tournait, tournait…
Et tournait encore et encore, jour et nuit.

Je crois qu'à force, je me suis usé le bout des doigts.
Je n'arrivais plus à le lâcher.

Je n'arrivais plus à penser à autre chose qu'à ce petit caillou gris à la texture si lisse... Si douce...

Il a bientôt envahi tout mon esprit, tous mes actes…
Toute ma vie.

J'ai fini par m'asseoir sur le bord du chemin pour mieux me consacrer à mon petit caillou.
Gris, lisse et rond.
Mes doigts ont commencé à me faire mal... Puis ma main tout entière est devenue douloureuse et bientôt, mon bras n'a plus été que souffrance.
Je ne mangeais plus, ne dormais plus.
J'ai résisté autant que possible, de toutes mes forces.

Au-delà de mes capacités.
Au-delà de Tout.

Il y a en moi une tristesse que je ne saurais vraiment définir...
Elle colore toutes mes émotions d'une sorte de douloureuse nostalgie.
Toute ma vie, j'en ai cherché l'origine.
J'ai cherché dans les forêts, les plaines et au-delà des montagnes, dans les livres et les secrets des hommes et je n'ai rien trouvé.
J'ai appris le nom des plantes, pierres et animaux qui font de ce monde ce qu'il est, et je n'ai rien trouvé.

J'ai cherché dans mon passé, dans mon enfance... J'y ai bien décelé de la tristesse, de la douleur et une grande solitude...
Mais je n'ai pas trouvé la source de cette petite douleur qui me serre si souvent le cœur.

Et, douce ironie, après tant d'années, grâce à un petit caillou ordinaire, gris, lisse et rond... j'ai trouvé :
Je ne suis pas d'ici.

J'ai vaguement senti le caillou m'échapper de la main et je l'ai entendu rouler sur le sol.

Et les portes se sont ouvertes.

Les portes de mon esprit et de mon cœur...

Les portes d'un ailleurs.
D'une autre réalité.

L'AUTRE MONDE.

Pourtant, rien n'avait vraiment changé.
J'étais toujours assise au bord du chemin, et mon bras me faisait encore mal.
Mais je sentais... Ou plutôt, je savais, que tout était différent. Un petit quelque chose dans l'air...
Un petit rien qui changeait tout.
La frontière.

J'ai fermé les yeux pour savourer cet instant magique.
Et mieux sentir la tristesse dans mon cœur s'alléger un peu.
J'ai soupiré et une larme a coulé le long de mes joues pâles.
Une sérénité nouvelle m'a envahie et j'ai souri comme je ne l'avais plus fait depuis très longtemps.

Mon cœur s'est mis à battre plus fort…
Comme pour se rappeler à moi.
Comme pour s'ouvrir…
Et me souffler que rien ne se fait sans lui.

Une seule idée à l'esprit :
Rester là…
Tout le reste de ma vie.
Et, chérir l'instant.
Cet instant magique qui m'a ramenée chez moi.

La brume s'est levée. Elle a envahi la forêt, mais aussi mon âme.
Porteuse de mystères et de savoirs ancestraux, elle a bercé mon être comme une mère cajole son enfant.
Elle a soulevé les voiles de ma mémoire…

Fragiles bulles de souvenirs, qu'on croit entrevoir, saisir et qui éclatent aussitôt effleurées, inaccessibles.

Je me suis souvenue.

De l'amour, du sang.
De la tragédie.

Et de ma fuite.

Je me suis arrachée au sol comme on déracine une mauvaise herbe.
Sans douceur.
Il le fallait bien, sinon j'aurais fini par me fondre dans la terre.
Et il était encore trop tôt.

J'ai regardé le petit caillou gris tombé par terre. Caillou parmi les cailloux.
Je me suis penchée pour le ramasser.
Mes doigts le touchaient presque.
Que devais-je faire ?
Il m'avait fait souffrir.
Il m'avait fait revenir chez moi.
Que devais-je faire ?

Mes doigts l'ont touché, presque malgré moi.
Et les murmures des secrets enfouis ont envahi mon cœur.
Chuchotements inaudibles, presque imperceptibles.
Petit caillou gris, berceau de mystères inavouables.

Précieuses confidences susurrées prématurément.
Je le sentais, je le savais.
Sans comprendre, j'entendais la voix inquiète d'une femme accablée.

Cette femme, je devais la retrouver.
Celle qui a scellé les arcanes.
Celle qui savait les secrets.

Le vent s'est levé et m'a rafraîchi le visage.
Le petit caillou dans une main et ma canne tout usée dans l'autre, moi, Ada, qui marche à trois temps, j'ai tourné le dos au chemin et j'ai pénétré dans la forêt.

Plus je m'enfonçais dans la forêt, plus celle-ci changeait...
Ainsi, les odeurs semblaient plus délicates, plus subtiles.

Un parfum de cèdre.
Un parfum de printemps et de soleil.
Un parfum de légèreté et de douceur.

Un rêve...

Un rêve aux couleurs éclatantes, vivifiantes et envoûtantes qui vous emporte et éveille en vous la musique des instants heureux...
Votre cœur s'ouvre sur ce monde enchanté et votre âme sourit.

Elle sourit devant les éclats de lumière qui peignent sur la mousse et l'herbe de merveilleux joyaux émeraude.

Petites perles vertes qui illuminent le sous-bois de son énergie d'espérance.

Je me suis sentie si bien parmi toute cette Nature florissante et enivrante.
J'ai perçu la présence discrète de quelques créatures mystérieuses et je me suis faite toute petite pour ne pas les troubler.

Le vent jouait dans la cime des arbres qui se balançaient comme des enfants murmurant des contes oubliés.

Merveilleuse danse, fascinante et grave, que celle de ces prodigieux êtres sans âge, qui, comme autant de piliers d'un temple sacré, me protégeaient et m'observaient.
Vieux sages curieux et attentifs qui me transmettaient leurs énergies, qui elles-mêmes me traversaient, me transperçaient.

Je me sentais à la fois légère et lourde.
Réceptive et pourtant encore aveugle à tant de choses.

Bien qu'incomplète et perdue, j'étais enfin chez moi.

Malgré tout, l'énergie de ces vénérables géants m'éveillait et, peu à peu, ma réalité se révélait à moi :

Moi, Ada, j'étais un être déraciné.

Et tous ces arbres autour de moi me criaient quelque chose que je ne comprenais pas.
Eux dont les racines plongeaient si profondément dans la terre.
J'étais revenue chez moi et, pourtant, je me sentais toujours aussi égarée et seule…
Cette forêt, ce temple, j'en foulais à nouveau le sol, mais cela ne me réconfortait pas tout à fait.

Je croyais que cela suffirait.
Revenir sur mes pas…
Retrouver ma terre.

Je crois que c'est pour cela que je me suis enfuie il y a si longtemps.

Quelque chose s'est brisé.
Quelque chose sans lequel je croyais ne pas survivre.
J'ai quitté les miens. Ceux qui m'aimaient et que je chérissais tant.

Et j'ai quitté le jeu.
Et je suis partie… Loin.

Loin de tout ce tumulte.
Loin de toute cette agitation.
Loin du monde.

Est-ce que je me suis, pour autant, rapprochée de moi-même ?
Non, bien sûr.

J'ai cru qu'en m'éloignant du bruit, tout irait mieux.
J'ai cru que la solitude m'aiderait.

Mais je me suis trompée.

Je me suis trompée…

Car rien ne réside à l'extérieur.

J'ai cru que la solitude m'aiderait à voir clair dans mes idées confuses.

Mais rien ne peut m'aider.
Car tout est en dedans.

J'ai quitté le jeu.
J'ai cru pouvoir le faire.

Mais, le jeu n'est pas dissociable de la vie.

Je pourrais fuir toute ma vie,
Je pourrais parcourir le monde entier, tous les mondes même,
Cela ne servirait à rien.
Car je suis la brèche.
Je suis ce grand trou sans fond, cette fêlure que rien ne semble pouvoir combler…
Et pourtant, je détiens les clefs…
De mon destin, de la vie, de mon bonheur.
Puisque tout est en moi.

Tout est en moi.

Avec moi, toujours, j'emporte mes bagages.

J'emporte mon sac…
Cette terrible besace emplie de peurs et d'insécurité.

Chaque jour, je la porte sur mon dos et, chaque jour, elle devient plus lourde…

… Plus lourde d'incompréhensions et de questions.

J'ai erré toute la journée, exsangue, mon invisible sac sur le dos et bientôt l'obscurité est tombée sur cette forêt sans nom…
Cette nuit-là, pas de vent dans les feuilles… Que silence et tristesse.

Le silence de mon âme.
Le silence de ceux qui cherchent leur chemin, perdus dans les méandres de leur manque.

L'aube s'est levée sur ce manque.
Gorge serrée et larmes séchées.

J'ai sorti mon petit caillou de ma poche et je l'ai longuement regardé, scruté.
Peut-être qu'à force, je l'obligerais à me révéler ses secrets.

Cela ne marche pas comme cela.

La volonté n'est pas la clef.

Pourtant, je percevais encore les murmures de cette femme pressée et angoissée qui avait scellé ses arcanes dans mon petit caillou.

Je devais la retrouver.
Elle et ses mystères.

Je devais changer ma façon d'être, pour changer mon destin.
Une nouvelle journée s'offrait à moi.
Une nouvelle vie.

La Nature m'accueillait à bras ouverts et je n'avais plus qu'à lui faire confiance et à me laisser guider par mon instinct.
Ouvrir mon esprit et mon âme. Voilà ce que j'avais à faire.
La méfiance et la suspicion, compagnes de route de tous ceux qui ne font que survivre, ne sont pas de celles qui se laissent chasser d'un simple revers de la main.
Elles nous murmurent, nous susurrent sans cesse, que tout est danger, menace et malheur.

Je les délogeais en portant mon attention sur mes pas.

Ainsi, à chacun d'eux, je cherchais à ressentir le sol sous mes pieds. Cette terre nourricière, qui nous porte et que nous oublions si facilement. Elle est pourtant le socle sur lequel nous nous construisons et qui nous porte jusqu'au ciel.

À chacune de mes foulées, je sentais sa force m'envahir et me donner, peu à peu, le courage de m'enfoncer dans cette forêt inconnue.

Après plusieurs heures de marche, j'avais besoin d'une pause. J'avais trouvé sur mon chemin quelques baies et fruits et je cherchais l'endroit idéal pour les déguster sereinement.

Une grande pierre levée, un peu en retrait du sentier, me sembla parfaite pour poser mon sac et m'installer. Elle était gravée par endroits et, en prenant du recul, je constatai qu'elle faisait partie d'un grand ensemble d'alignements de menhirs.

J'explorerais tout cela plus tard. J'étais fatiguée et j'avais faim.

Mon repas était aussi délicieux qu'espéré et je me régalai.

J'avais machinalement gardé les noyaux et, après avoir joué un petit moment avec, je les alignai près de moi.

Puis, les yeux fermés, je profitai du calme et savourai la danse que l'ombre des feuillages, agités par le vent, dessinait sans cesse sur mon visage.

Un soupir et je finis par m'endormir.

Et je rêvais.

À cette femme pressée, qui enchanta mon précieux petit caillou, jadis.

À moi et à ce monde retrouvé et pourtant inconnu.

À des temps anciens…

Je ne sais dans quelle contrée les arcanes du sommeil m'amenèrent, mais une succession de petits chocs m'en extirpa brusquement, me ramenant subitement au moment présent.

J'entrouvris lentement les paupières pour chercher la source de cette perturbation.

Rien.

Je ne vis rien.

— Regarde au-dessus de toi.

Je levai la tête et sursautai.

Une étrange créature m'observait tout en jouant avec les noyaux que j'avais laissés par terre avant ma petite sieste.

Tout sourire, elle semblait très heureuse de son effet. Elle aurait pu n'être qu'une jeune fille tout ordinaire – bien qu'exquise – si j'avais ignoré que la moitié de son corps disparaissait dans la roche…

— J'aime toucher les choses… Aussi insignifiantes soient-elles. Et tes présents m'ont fait grand plaisir, me confia-t-elle en me montrant les noyaux.

Je n'osai avouer la vérité.

— J'en suis heureuse, murmurai-je.

— Je suis Ymirée, Fée des roches et gardienne de ce magnifique mégalithe, proclama-t-elle.

Puis, d'un bond, elle s'extirpa du menhir. Ses cheveux se soulevèrent alors avec grâce, dévoilant une superbe et délicate tunique faite de dentelles et de pierreries, toutes plus belles et étincelantes les unes que les autres.
— Enchantée, Ymirée. C'est singulier comme prénom.
— Tu voyages dans le pays de l'insolite, du rare et du bizarre, ici, ma chère. Tu l'ignorais ?
— Je le découvre chaque jour un peu plus...
— Tu t'es longtemps absentée, on dirait.
Je me contentai de lui sourire. D'un de ces sourires, qui ne savent pas trop de quel côté pencher.

Lorsqu'elle fut assise au sommet du rocher, ses longs cheveux gris lui firent comme une houppelande argentée.
Sa peau changeante prenait, par moments, la couleur de la pierre, si bien qu'elle semblait s'y fondre complètement. L'instant d'après, elle perdait toute substance, devenant limpide et pure comme du cristal.
Elle s'amusait de me voir l'observer, tout en ne cessant de jouer avec mes « cadeaux ».
— Ma nature te surprend, vieille femme, n'est-ce pas ? En fait, je suis minérale. Et selon mes humeurs ou mes pensées, mon corps explore toutes les manifestations de cet élément. Tantôt pierre précieuse,

complexe et rare, tantôt roche, simple et commune. Je protège ces lieux, bien qu'aucun danger n'y rode ! Je suis la gardienne des mémoires. Celle qui sait faire parler la pierre.

Instinctivement, je touchai mon petit caillou lové dans ma poche.

— Celui-là a des choses à dire…

— Comment le savez-vous ?…

— Toutes les pierres me parlent. Et ton petit caillou m'en raconte des choses, depuis que tu t'es adossée à ce menhir.

J'allais enfin en savoir plus…

— À toi, il ne dit rien. N'est-ce pas ?

— C'est vrai. Pourtant, j'aimerais tellement connaître la personne qui l'a scellé et puis…

— Doucement ! Il finira par te confier tous ses secrets... En temps voulu. Sois patiente.

— Vous n'allez rien me dire ?

Elle sourit.

— Seulement ce qu'il m'autorise à dévoiler.

— Est-il vivant ?

— Tout est vivant autour de toi. Ne le sais-tu pas ? Tout parle et les pierres sont particulièrement bavardes. Elles sont si anciennes. Elles ont vu tant de choses.

— Que raconte-t-il ? Dites-moi…

— Il dit que tu es ancienne toi aussi. Que tu es d'ici. Que le chemin sera encore long avant de rentrer chez toi. Mais c'est nécessaire. Car la mémoire est dangereuse et si elle te revient trop brusquement, tu perdras la raison.
Ainsi, le voile de la vérité doit se soulever doucement, lentement...
Avec précaution.
Il te dit aussi de prendre soin de toi. Tu ne le fais pas assez.

— Qui est-il ?

— C'est trop tôt pour te le dire. Tu sauras... Plus tard. Alors, tu apprendras à communiquer avec lui.

J'étais déçue… Qui l'avait enchanté ? Et que représentait-il vraiment ?

— Tu dois d'abord en savoir plus sur ce pays dont tu foules à nouveau le sol. Sais-tu qu'il s'agit d'une contrée de légendes ? Où, parfois, amour et mort se mêlent ?

Elle me prit par la main et m'entraîna à travers le dédale de menhirs.

— Regarde, fit-elle en me montrant les grandes pierres levées qui nous entouraient. Regarde et écoute. Écoute ce qu'elles ont à raconter.

Je serai leur voix...

Iseult

Iseult était la fille du roi d'Irlande. Elle était d'une grande beauté et sa longue et blonde chevelure n'avait pas d'égale. Mais Iseult n'était pas qu'une princesse. Elle était aussi guérisseuse et accomplissait des miracles.

Il advint un jour qu'une embarcation avec à son bord un jeune chevalier s'échoua sur les récifs aux pieds du château. L'homme plus mort que vif avait, dans un dernier sursaut, saisi sa harpe et jouait une divine mélodie afin d'attirer à lui quelque providentiel secours.

Les notes cristallines s'élevaient et, poussées par la brise marine, glissaient par-dessus les hautes murailles à l'intérieur du château. Aussitôt on se précipita au secours de l'infortuné et on fit chercher Iseult.

Le chevalier, empoisonné par l'épée du géant Morholt qu'il avait combattu et occis, revint peu à peu à la vie grâce aux philtres et à la magie d'Iseult. Le jeune homme se nommait Tristan et à peine son corps avait-t-il repris force et vigueur qu'il décida de prendre la mer pour regagner les Cornouailles dont le seigneur Marc'h, son oncle, était le roi.

Le temps passa. Le roi Marc'h, en homme sage songeant au temps qu'il lui restait à vivre, souhaita faire de Tristan son héritier en lui confiant les destinées de son royaume. La nouvelle annoncée provoqua la colère des barons et des seigneurs de Cornouailles. Ils n'accepteraient comme prétendant qu'un héritier légitime.
Un héritier qui serait le digne fils du monarque. Sans descendance, le roi proclama qu'il épouserait la femme dont le cheveu d'or lui avait été apporté ce même matin par deux hirondelles de mer. Tristan se remémora la belle enchanteresse et sa chevelure éclatante. Aussitôt avisé, le roi confia à son neveu la mission de présenter à la cour du roi d'Irlande sa demande.

À peine Tristan avait-t-il accosté les rivages d'Irlande qu'il fut alerté par des glapissements ignobles.

Une femme apeurée croisée sur le port, à qui il demanda d'où provenaient ces hurlements, lui confia dans un souffle :
— « Elle vient d'une bête fière et la plus hideuse qui soit au monde. Chaque jour, elle descend de sa caverne et s'arrête à l'une des portes de la ville. Nul n'en peut sortir, nul n'y peut entrer, qu'on n'ait livré au dragon une jeune fille ; et dès qu'il la tient entre ses griffes, il la dévore en moins de temps qu'il n'en faut pour dire une patenôtre. »

Tristan affronta le dragon. Après un combat terrible avec le cracheur de feu, il lui enfonça son épée dans le fond de la gorge et il lui trancha la tête. Puis, comme il était de coutume, il lui coupa la langue afin d'attester de sa prouesse et en espérant se ménager les bonnes grâces du roi. Mais à peine eut-il glissé le trophée dans ses chausses qu'il s'écroula à terre, empoisonné par le venin suintant de l'appendice sanglant.

Transporté mourant à la cour, il fut à nouveau confié aux bons soins d'Iseult, qui usa de tout son art pour ramener à la vie celui pour qui maintenant son cœur battait.

Lorsqu'enfin Tristan put se présenter à la cour auréolée de sa bravoure, le père de la princesse accepta l'offre du roi Marc'h.

Alors que les préparatifs pour le départ allaient bon train, la mère d'Iseult confia à Brangien, la servante chargée de chaperonner la princesse, un philtre d'amour, qui devait être bu par les deux époux le soir de leur noce. Ce breuvage magique était si puissant qu'il provoquerait une passion dévorante garante d'une union heureuse pendant au moins trois ans !

La traversée des côtes d'Irlande vers la Cornouailles démarra sous les meilleurs auspices. Un chaud soleil printanier accompagnait le vaisseau, lequel glissait vivement sur une mer apaisée. Un matin pourtant, le jour de la Saint-Jean, des vents contraires obligèrent les hommes à saisir leurs avirons. Le soir, Tristan, épuisé par l'effort, se vit offrir par la servante d'Iseult une coupe d'un breuvage reconstituant afin d'apaiser son corps et calmer sa soif.
Après s'en être désaltéré, il l'offrit à Iseult qui à son tour trempa ses lèvres dans le breuvage. C'est alors que la servante comprit quelle tragique erreur elle venait de commettre.

C'était bien la fiole contenant le philtre d'amour que les deux jeunes gens s'étaient partagés.
Arriva ce qui devait arriver. L'un et l'autre furent consumés par un feu dévorant, et avant que l'embarcation ne touche les côtes de Cornouailles, ils étaient déjà devenus amants.

Le roi Marc'h, immédiatement conquis par la beauté de sa future épouse, ordonna que le mariage soit célébré au plus tôt. Après une fête somptueuse où toute la noblesse de Cornouailles avait été conviée vint l'instant redouté par Iseult de la nuit de noce. Alors que Marc'h avait déjà gagné la couche nuptiale et qu'il s'impatientait d'y accueillir son épouse, c'est Brangien, la servante dévouée qui, profitant de l'obscurité, se coucha à ses côtés. La jeune reine, quant à elle, avait rejoint Tristan et brûlait d'amour entre ses bras, et ce n'est qu'aux premières lueurs de l'aube qu'elle gagna la chambre de son époux.
Mais dans l'entourage du roi, on murmurait. La passion violente qui liait les deux amants ne pouvait demeurer secrète. La rumeur montait.
Alors Iseult et Tristan s'enfuirent pour se réfugier au cœur d'une profonde forêt où ils vécurent heureux à l'abri d'une grotte.

Un matin comme ils se réveillaient, Iseult découvrit à son doigt une bague qui appartenait au roi Marc'h, et Tristan, qu'on avait échangé l'épée qu'il avait posée pour la nuit entre leurs deux corps.

Le roi, qui n'avait eu de cesse de retrouver Iseult, l'avait enfin découverte, mais, ému par cette épée qui semblait faire obstacle entre les deux amants et qu'il interpréta comme un signe de chasteté et de pureté, il s'en fut.

Trois années s'étaient écoulées.

Le « fol amour » guidé par le breuvage magique avait laissé place à une tendre passion, mais la raison et le devoir triomphait. Iseult décida qu'elle reprendrait le chemin de Tintagel pour retrouver Marc'h en honorant l'engagement de son père, et Tristan, quant à lui, qu'il s'exilerait au-delà des mers.
C'est vers l'Armorique que les vents menèrent Tristan. Dans cette « Petite Bretagne » secrète, il espérait apaiser ses incessants tourments. Après quelque temps d'errance, il rencontra une femme qu'il pensa être une apparition tant elle ressemblait à celle qu'il aimait encore passionnément.

Elle se prénommait Iseult... Iseult aux mains blanches. Bien qu'il l'épousât, cette ressemblance n'eut pour effet que de raviver sa blessure, alors, sans plus d'égards pour elle, il partit guerroyer dans des territoires hostiles. C'est ainsi qu'à nouveau, à l'issue d'un combat, ses compagnons le ramenèrent un jour gravement blessé. Dans un souffle, il supplia que l'on aille chercher Iseult... Iseult la blonde, la seule qui pourrait par sa magie le faire revenir à la vie. Il pria enfin que le bateau soit muni d'une voile blanche si elle avait accepté et qu'elle était à son bord.

Les jours passèrent et enfin une embarcation se profila sur l'horizon. Iseult aux mains blanches, amère et torturée par la jalousie, à l'annonce de la nouvelle se pressa aux fenêtres de la chambre où reposait Tristan. Puis les deux regards se croisèrent. L'un brillant de fièvre et d'espoir, l'autre sombre et tourmenté.

« Les voiles... sont noires », lâcha-t-elle froidement. Alors, Tristan ferma les yeux et mourut. Lorsqu'Iseult le rejoignit, elle saisit l'homme qu'elle n'avait jamais cessé d'aimer et elle se laissa mourir à son tour.

Les corps des deux amants furent ramenés en Cornouailles sur l'ordre du roi Marc'h. On les enterra côte à côte. Il pousse sur la tombe d'Iseult un rosier, et sur celle de Tristan, une vigne. Les deux lianes réunies seraient, dit-on, entrelacées pour l'éternité.

— Tragique histoire où jalousie et pardon se mêlent...

— Troublante et déchirante, oui... commenta la Fée, songeuse.

— J'ai le profond sentiment que cela ne donne jamais rien de bon lorsque la magie se mêle des affaires de cœur, et qu'à vouloir forcer le destin, on déclenche des désastres. De telles tragédies adviennent-elles dans le monde des Fées ?

— Pas tout à fait... Nous avons tellement conscience de tout ce qui nous entoure, de tout ce qui est vivant, que nous ne pouvons pas vraiment nous consacrer à un seul et unique être. Si ce n'est la Terre-Mère, bien sûr. Comprends-tu ?

— Pas vraiment, je l'avoue.

Elle me sourit.

— Bien ! Les pierres ont parlé… À présent, peux-tu sortir ton petit caillou de ta poche ?

Je le fis de bonne grâce.

— Observe bien sa texture. Touche-le. Je sais – il me l'a dit – que tu l'as longtemps fait tourner dans ta main. Mais as-tu réellement saisi sa nature ? Observe sa solidité, son énergie si parfaite, qui circule dans cet ovale irréprochable, comme si, perpétuellement, il renaissait à lui-même.

Il t'apprend à toucher le monde. Unis ton esprit à sa matière. Sens les deux énergies fondamentales danser en lui, en toute conscience et qui affirment ce qu'il est : un petit caillou, gris, lisse et rond. Un simple petit galet pourtant, clef des mondes, clef de ton passé, de ton cœur et de ton âme.

Il est la clef qui t'apprend à voir les peurs cristallisées en toi et à les dissoudre avant qu'elles ne deviennent foyers de désordre et de mal-a-dit.

Il t'apprend à ne faire qu'un avec notre Terre. Jusque dans ses plus infimes détails. Il t'apprend à prendre conscience de tout…

Pour tout respecter.

Même l'infime.

Même l'insignifiant.

Même un petit caillou, gris, lisse et rond.

Vois en lui ton frère.

Vois qu'il signe ta renaissance en ce monde.

Sous mes yeux, mon petit caillou devint de plus en plus sombre, puis vira au rouge.
Rouge lave, fort et puissant.
Rouge rubis, secret, enfoui au plus profond de la Terre.
Rouge sang, qui coule dans nos veines et, parfois, de nos cœurs blessés.

— Ainsi ont parlé les pierres. Va où le vent te mène, ma sœur.

Sur ce, elle... s'évapora.
Comme un rêve.

À l'instant même, mon petit caillou redevint gris.
Je restai déconcertée un bon moment.
Quel étrange personnage que cette petite Ymirée…
Peut-être était-elle encore là à m'observer ?
Je contemplai à nouveau mon étonnant galet. Je notai alors une petite gravure que je n'avais jamais remarquée. Une sorte de triangle barré d'un trait horizontal. Spontanément, alors qu'il n'y avait pas de sens bien sûr, je le considérai comme ayant la pointe en bas.
Je passai le doigt sur le glyphe. C'était encore chaud…
— Petit frère…
J'y déposai un baiser et je le rangeai soigneusement dans ma poche, en refermant le rabat avec précaution.
Trop précieux pour risquer de le perdre.

Ne sachant pas quoi faire après une telle expérience, je jetai un dernier regard aux menhirs et je repris ma route. Vers nulle part, vers l'inconnu. Vers mon destin...

Dans l'après-midi, je m'étais arrêtée pour me rafraîchir un peu, lorsque je vis surgir près de moi une petite troupe de lapins et de gerboises.
J'étais cachée derrière un arbre et tout ce petit monde ne semblait pas m'avoir vue tant ils étaient affairés. L'un d'eux, aux oreilles singulièrement expressives, retint tout particulièrement mon attention. Attentif au moindre bruit, il me fit l'effet d'une mère veillant sur sa progéniture.
En guise de petits, toute une ribambelle de gerboises sautillait autour de la maman-guetteuse.
Bien sûr, tous étaient ailés !

Je finis par comprendre qu'il devait s'agir d'une sorte d'école et les gerboises étaient en cours de pilotage, en quelque sorte... Je crois bien que le sujet du jour portait sur les difficultés de l'atterrissage ! Ainsi, les roulés-boulés, les dérapages non contrôlés et écrabouillages en règle se succédèrent, pour ma plus grande joie.
Je me régalais du spectacle, mais, heureusement, le professeur mit fin à sa leçon à temps... Avant que je ne me démasque par mes gloussements étouffés.

Je riais encore lorsque je fis une rencontre encore plus surprenante.

Un dragon miniature...

Il tenait plus de l'hippocampe que du dangereux reptile, d'autant que le délicat scintillement de ses ailes dans les rayons du soleil lui conférait un aspect plutôt féerique.
Il semblait très affairé, mais je ne sus définir quelle activité l'absorbait de la sorte.
Puis, aussi léger qu'un papillon, il s'en alla voleter au loin.

Décidément, il régnait sur cette journée une atmosphère particulière, irréelle même, où tout semblait possible...
Le reste de la journée se déroula comme un rêve éveillé déployant ses ailes géantes, vaporeuses et somnolentes sur mon esprit.
Entre brume et réalité.
Méditant inlassablement les paroles d'Ymirée et caressant sans cesse mon petit caillou, j'arrivai en fin de journée, sans m'en rendre compte, devant un mur d'herbes hautes.

Encore dans mes pensées, je me frayai un passage entre les joncs et débouchai sur les rives d'un minuscule lac. Le soleil couchant recouvrait ce véritable petit écrin de nature d'un manteau doré, irréel…

Des centaines de miroirs semblaient avoir été lancés à la surface de l'eau, qui scintillait et brillait de mille feux, illuminant littéralement le paysage.
C'était incroyablement beau.
Féerique.
Je m'agenouillai et me perdis dans ce spectacle.
Je restai là jusqu'à ce que la nuit me surprenne et je me contentai, alors, de me lover dans les herbes et de m'y endormir paisiblement.

Le réveil fut tout autre…
Un concert de croassements, de gazouillis et de pépiements en tout genre me réveillèrent beaucoup trop tôt à mon goût.
C'est bruyant une mare à l'aube…

Transie de froid, j'émergeai donc tant bien que mal, dans cette cacophonie matinale, tandis qu'un crapaud de belle taille tentait de me faire la conversation.
Je n'étais pas d'humeur.

La journée commençait mal.
Je devais faire quelque chose. Je décidai de prendre un bain pour m'éclaircir les idées. Je n'aimais pas me dénuder. Mon vieux corps tout racorni et rabougri faisait peine à voir. Mais j'étais seule… Alors…
Un orteil à peine mouillé, je sentis aussitôt une vibration anormale dans l'eau.
Je le retirai immédiatement.
La surface du lac demeura pourtant lisse comme un miroir.
J'avais peut-être rêvé. Après tout, je n'étais pas encore bien réveillée.
Circonspecte, je laissai passer un peu de temps.
Je fis bien.
Car une tête émergea de la surface.
Lentement, très lentement, une créature apparut. Ses cheveux, incroyablement longs, épousaient les courbes de son splendide dos, sensuel et lascif.
C'était intense.
Lentement, très lentement, elle se retourna.

Si j'avais été un homme, j'en serais instantanément tombé amoureux. Pour la vie.

Ses yeux noir jais se plantèrent aussitôt dans les miens.

Comme on ferre une proie.

Lentement, elle s'approcha.

Comme on ajuste sa cible.

Mon cœur se mit à battre plus fort. De peur et de joie mêlées.

J'étais à sa merci.

Elle leva le visage, ferma les yeux un instant et prit une longue inspiration.

— Alors, petite chose flétrie, que fais-tu dans mon royaume ?

Je déglutis.

— Je… voulais juste…, balbutiai-je.

Elle me sourit. D'un de ces sourires, énigmatiques et sombres, qui en disent trop ou pas assez.

Je déglutis à nouveau.

— Tu n'as jamais rencontré d'Ondine, on dirait. Les filles de l'eau te font peur ?

— À vrai dire, je ne sais pas si vous allez m'embrasser ou me manger, osai-je après m'être un peu remise de mes émotions.

Elle éclata d'un rire sonore et retentissant.

— Tu me plais, petite femme.

Elle m'étudia ostensiblement.

— Beaucoup d'impuretés dans ton cœur. Peurs et angoisses.

Elle approcha sa beauté à couper le souffle de mon petit corps chétif. C'était presque insupportable. Je remerciai à nouveau les dieux de ne pas être un homme.

Elle me lécha le visage.

Je m'évanouis.

Je me réveillai dans ses bras, le corps plongé dans l'eau. Rivés sur moi, ses yeux obscurs, presque occultes, me déchiffraient, me décryptaient, démêlant les écheveaux de mes émotions les plus funestes et les plus secrètes.

Pétrifiée, je ne bougeais pas d'un cil.

— Écoute ton cœur.

Écoute-le battre dans ta poitrine. Métronome de ton être, incroyable machine de vie, il est là pour toi. Ne le laisse pas souffrir inutilement sous le poids de tes sentiments passés, lourds d'émotions négatives.

Ouvre ton cœur et sèche tes larmes.
Larmes sucrées de tristesse,
Larmes salées de peur,
Larmes amères d'actes manqués,
Larmes acides de colère.
Le temps des larmes est révolu.
Pardonne.
Aux autres.
Mais surtout…
Pardonne-toi.
Car le temps des sourires est venu.

Dahut

Il y a fort longtemps, le roi Gradlon, fatigué de tous ses combats et conquêtes, renvoya ses marins en sa Cornouailles natale, et s'installa seul dans les lointaines contrées nordiques, froides et sombres.
Il y rencontra Malgven, une sublime et étrange fée, druidesse et reine du Nord.
Elle était aussi belle qu'impitoyable et son vieux mari cacochyme ne lui convenait plus du tout. Ainsi, le plus simplement du monde, elle demanda à Gradlon de passer son époux par le fil de l'épée.
La perspective des nuits chaudes et torrides qu'elle lui promettait finit de balayer les derniers scrupules du fier et valeureux guerrier.
Le meurtre perpétré, les amants volèrent tout l'or qu'ils purent emporter et s'enfuirent sans demander leur reste.

Sans navire pour les ramener en Bretagne, le couple enfourcha la monture magique de la reine, et prit la direction de la Cornouailles.
Le splendide Morvarc'h, noir comme la nuit, les porta donc de nombreux jours durant, bravant orages et tempêtes, vagues et déferlantes. Finalement, ils trouvèrent refuge sur un bateau et errèrent encore toute une année sur les mers celtiques et purent enfin s'aimer.

Ainsi, bercée par la houle et le vent, Dahut vit le jour, mi-fée, mi-humaine, déjà détentrice d'une magie ancestrale venue de l'autre monde.
Tout allait pour le mieux, mais bientôt, malgré l'amour qui les unissait, un sujet de discorde vint s'immiscer entre les deux amoureux… En effet, Malgven était une fée, naturellement liée au culte celtique, alors que Gradlon, sous l'influence de Saint Gwenolé, avait fini par se convertir au christianisme. Malgven se sentant trahie, elle exhorta Gradlon de la laisser partir pour se réfugier dans le monde des fées où nul humain ne survit. Mais le valeureux guerrier n'écouta que son cœur et la suivit, se condamnant par là même à une mort certaine. Mais elle l'aimait encore… Alors, avant de s'enfuir, Malgven empêcha

son amant de la suivre, le sauvant malgré lui. Pourtant, elle le maudit et l'abandonna à son sort.

Le roi Gradlon finit par rentrer en Bretagne, seul avec sa fille et s'enferma dans son château… Inconsolable. Ainsi, Dahut grandit comme elle le put, entre mer et solitude. Et, tandis qu'elle se faisait femme et devenait de plus en plus belle, Gradlon finit par sortir de sa douleur.

Un jour qu'ils longeaient la baie de Douarnenez, giflée par le vent et les embruns, Dahut demanda à son père qu'il lui construisît une ville au bord de la mer. Gradlon ne put le lui refuser. Trop d'absence et de tendresse à rattraper…
Alors, portée par l'amour d'un père pour sa fille, la majestueuse et merveilleuse ville d'Ys vit le jour. Et, comme surgie des flots, Ys, joyau des océans, rayonna au-delà des mers et des terres. Érigée en dessous du niveau des flots et protégée des marées par d'improbables et gigantesques digues, une unique et colossale porte y donnait accès et seul Gradlon en possédait la clef.
Dahut, profondément attachée au culte des anciens dieux, souhaitait faire d'Ys la cité la plus riche, libre

et joyeuse qu'il fût. Ce serait le dernier bastion de l'ancien culte face au christianisme grandissant.
Ce qui n'était pas du goût de l'austère Saint Gwenolé, toujours très influent auprès du roi Gradlon. Par sa magie, la jeune femme offrit malgré tout puissance et opulence à la ville.
Gardienne des traditions anciennes, païenne et libertine, Dahut régnait sans partage. Épicurienne, elle prenait un amant différent chaque soir.

La légende dit même qu'elle les tuait au matin après les avoir obligés à porter un masque de soie, noir et enchanté, pendant leurs ébats…
Mais, un beau jour, un chevalier, tout de rouge vêtu, se présenta à l'unique porte d'Ys…

Comme à l'accoutumée, les noceurs s'amusaient et festoyaient. L'homme en rouge prit tout naturellement part aux festivités et fit honneur au somptueux banquet. Dès le premier regard, Dahut en tomba éperdument amoureuse. Il était sublime et surtout tellement différent de tous les autres hommes. Il se montra pourtant insensible aux avances de la jeune femme. Alors, afin de prouver son amour au bel inconnu, Dahut subtilisa la clef de la cité pendant

le sommeil de son père, et la remit à l'homme en rouge… L'ange déchu… Le diable.
Aussitôt l'homme se précipita aux remparts et ouvrit la porte d'Ys à l'océan rugissant, offrant ses habitants en pâture aux eaux froides et destructrices.
Dégagée de l'influence de l'homme en rouge, Dahut eut tout juste le temps de réveiller son père, d'appeler Morvarc'h, le prodigieux cheval de sa mère, et de prendre la fuite.
Ainsi, seuls rescapés de ce terrible cataclysme, le roi Gradlon et Dahut chevauchèrent loin de la ville d'Ys qui sombrait afin de rejoindre le rivage. C'est alors que Gwenolé apparut soudainement - tel un spectre sinistre - et somma le père d'abandonner sa fille aux eaux tumultueuses. Gradlon refusa, bien sûr. Malgré sa trahison, le père aimait toujours sa fille.
Mais Saint Gwenolé avait une terrible emprise sur le roi, qui finit par s'exécuter et lâcha Dahut qui glissait déjà dans la mer en furie. Elle s'enfonça alors dans les eaux tumultueuses tandis que les flots finissaient d'engloutir la belle cité.
Le roi Gradlon, cependant, poursuivit sa folle chevauchée toute la nuit durant, quitta les funestes eaux et traversa plages, prés et forêts.

Il finit sa course au confluent de deux rivières et décida de s'y installer.
Il y fit construire une ville, qui devint sa capitale. Ainsi naquit Quimper.
De nombreuses années plus tard, il y mourut en roi respecté et aimé, et c'est tout naturellement qu'on érigea une statue à sa mémoire. Depuis, du haut de la cathédrale Saint Corentin, le roi Gradlon contemple pour toujours sa belle cité engloutie…
Dahut, sa fille, avalée par les flots, survécut cependant et devint sirène. Elle noie désormais son chagrin en séduisant les marins imprudents.
La légende veut que, par temps calme, on entende sonner les cloches de la ville engloutie dans la baie de Douarnenez.

Je repris mon souffle comme une noyée.

— Réveille-toi !

— Oui… Je suis là.

— Réveille-toi !

J'entrouvris les yeux.

Trop de lumière.

Je n'étais plus dans l'eau. J'étais sèche. Avais-je rêvé ?

J'émergeai. Doucement.

Orage dans ma tête. Cela cognait encore et encore.

Je ne me souvenais… De rien.

Expiration.

Ah oui…

Le lac. L'Ondine. La noyade.

Je dois être morte.

C'est étrange… La mort n'est pas comme je l'imaginais :

J'ai mal dans tout le corps.

C'est normal ?

— Oui, si on considère que tu es toujours vivante…

J'avais parlé à voix haute ?

… L'Ondine…

Je la retenais celle-là ! Elle m'avait presque tuée.

La colère me redonna des forces.

J'ouvris franchement les yeux.

Je ne reconnaissais plus rien.

Nous étions tout près d'une jolie petite fontaine. J'entendais, non loin, le murmure d'un ruisseau qui devait serpenter à travers les bois.

— J'ai changé d'endroit… Les eaux profondes ne te réussissent pas.

— Elles ne réussissent à aucun être humain ! avais-je presque crié.

— J'oublie toujours.

Je ne décolérais pas.

— Tu ne te sens pas plus légère ?

— …

Je me calmai un peu pour étudier la question.

— J'avoue que oui, murmurai-je à contrecœur. Mais vos méthodes sont un peu rudes, je trouve.

— Tu avais beaucoup de peine en toi. Tu n'as pas aimé ?

— …

Je revis les Nymphes danser autour de moi… Leur merveilleuse chevelure onduler, sinueuse et chatoyante, dans l'eau pure et limpide.

— Si, c'était beau, avouai-je.

Un instant, je me perdis dans mes souvenirs.

— Était-ce vraiment nécessaire ?

— Absolument. Comment ouvrir ton cœur autrement ? Et poursuivre ton chemin…

— Les êtres que je rencontre semblent en savoir plus que moi sur ma propre identité…

Elle se contenta de me sourire. Avec beaucoup de tendresse…

— Non, vous ne pouvez pas vous contenter d'un sourire... Répondez-moi ! criai-je.

— Tu crois que tu passes inaperçue ? Tu crois que beaucoup traversent la frontière… Que c'est courant ?

— Je…

— Nous savons tous que tu es là et nous percevons ce que tu es. Certains savent même qui tu es.

Elle plongea ses yeux d'eau, d'une profondeur abyssale, froids et glacés, dans les miens.

Mon cœur fit un bond dans ma poitrine.

Puis, il s'arrêta.

Je cessai de respirer…

Le temps de cet échange,

Le temps d'une confidence silencieuse,

Le temps d'une promesse secrète.

Elle savait.

Elle ne me dirait rien.

On se retrouverait.

Ses yeux se firent plus doux, plus tristes aussi et une larme coula sur sa joue.

Elle la recueillit d'un geste et la regarda longuement couler le long de son doigt.

— Une Ondine ne pleure jamais, dit-on.

Mais, lorsque cela se produit, ses larmes sont éternelles, finit-elle par murmurer.

Pourquoi cette tristesse soudaine ?... Je n'osais le lui demander, de peur de rompre cet instant magique.

Elle déposa délicatement sa larme dans la paume de ma main.

— Elle ne séchera jamais. Garde-la soigneusement. Un jour, elle te sera précieuse, me confia-t-elle.

Elle se leva et explora un instant un interstice du muret de la fontaine. Elle en retira une jolie petite boîte en nacre qu'elle me tendit.

— Dans cet écrin, qu'elle ouvrit avec beaucoup de précaution, tu pourras conserver cette larme pour toujours.

À l'intérieur, il y avait déjà quelque chose...

Une écaille.

— Sais-tu où nous nous trouvons ? me demanda-t-elle devant ma surprise.

— ...

— Cette fontaine est particulière. C'est ici qu'un certain Raymondin fit la connaissance d'une enchanteresse. La Fée Mélusine. Et cette écaille lui appartient.

— Racontez-moi… S'il vous plaît.

Mélusine

Mélusine était la fille d'un roi d'Écosse, qu'un mauvais sort lancé par la fée Persine, sa mère, avait condamnée à être, chaque samedi, moitié femme, moitié serpent. Elle errait dans les forêts accompagnée par ses deux sœurs, elles aussi en disgrâce. Ayant traversé l'océan, elles reposaient une nuit dans une clairière, auprès d'une fontaine enchantée, quand surgit un cavalier lancé au plein galop. L'homme semblait terrorisé mais lorsqu'il vit les trois jeunes femmes éclairées par un rayon de lune, il relâcha sa bride et mit pied à terre. Raymondin de Lusignan, c'était son nom, s'approcha, troublé par la beauté de Mélusine. Mais son esprit était ailleurs. Bientôt, il se confia, bouleversé. Il avait, l'après-midi même, tué accidentellement son oncle lors d'une chasse au sanglier. Ravagé par les remords et poursuivi pour ce que d'autres considéraient comme un crime, il semblait avoir raison perdue. Mélusine s'approcha.

Avec douceur, elle lui prodigua quelques mots de réconfort, puis, lui proposa d'une voix claire, s'il la prenait pour femme, de lui rendre son honneur et de faire de lui un des hommes les plus puissants et respectés du royaume. Toutefois, elle posa une condition. Jamais, au grand jamais, il ne devrait vouloir la rencontrer un jour par semaine. Le samedi, bien entendu ! L'homme jura, transporté par l'assurance et la beauté de celle qui allait devenir sa femme.
Le temps passa.
Les épousailles furent célébrées. L'honneur fut rendu. Dix beaux enfants naquirent. Et l'amour qui unissait Mélusine et Raymondin jamais ne faiblit. Et chacun de mener de la plus agréable des façons, qui son métier de grand seigneur, qui son rôle de belle Dame, même si chaque samedi était marqué par la disparition mystérieuse de cette dernière sans que quiconque ne s'en émeuve.

Un jour pourtant, le frère de Raymondin, alors qu'il était reçu au château des Lusignan, s'étonna de ne point voir au repas l'épouse de son aîné. Et le voilà qui ricane et persifle. Pour lui, c'était certain la belle Mélusine avait un amant !

Raymondin, piqué au vif, s'emporta contre la mauvaise langue. Mais le mal était fait.

La jalousie, insidieuse conseillère, se mit à tourmenter celui qui n'avait jamais douté de son épouse. Alors, d'un bond il quitta la table et se rua vers la chambre où il savait trouver Mélusine.
Les coups assénés sur la porte massive furent sans effet. Elle resta close.

Raymondin se saisit alors de sa dague et, la glissant dans la serrure, y ménagea un orifice étroit dans lequel il glissa un œil. Ce qu'il découvrit lui tourna les sangs. Sa jeune femme reposait nue dans un large baquet empli d'eau d'où pendait, par-dessus le rebord, la longue queue écailleuse d'un serpent.

Le pacte était rompu. La malédiction reprenait ses droits. Mélusine poussa un long cri. Un hurlement animal où s'exprimait une douleur terrifiante.

Elle se jeta par la fenêtre et disparut à jamais.

— Quelle triste histoire… Maudite par sa propre mère, et bien que sa différence ait été acceptée par son mari, condamnée à quitter les êtres qu'elle aimait…

— Cette contrée est merveilleuse et terrible à la fois…

Un instant, nous nous perdîmes toutes les deux dans nos pensées.

Mon regard se posa sur la boîte. Je n'y avais pas prêté attention, mais il s'exhalait de ce petit écrin de nacre une odeur d'encens. Un subtil mélange de santal et de myrrhe. Je n'aurais su dire si ce mariage était heureux ou pas. Mais un peu entêtant, sûrement. L'odeur de Mélusine, peut-être ?

— Jadis et à l'insu de tous, reprit l'Ondine, Mélusine y cacha une de ses écailles. Pour qu'on ne l'oublie pas et pour qu'un jour, une prêtresse ou une magicienne brûle cette infime part d'elle, brisant, enfin, la malédiction qui l'oblige à errer sans fin et sans but, alors que tous les siens ont disparu depuis bien longtemps. Elle ne souhaite qu'une chose : les rejoindre au pays des morts.

Pensive, je restai à considérer l'écaille contenue avec perplexité.

— Une prêtresse, une magicienne, dites-vous, demandai-je enfin. Où vais-je pouvoir en trouver une ?

L'Ondine me fit un de ses sourires énigmatiques

dont elle avait le secret et je compris que je devais lui faire confiance. Elle ne m'aurait pas confié quelque chose d'aussi précieux sans raison.
Je souris à mon tour.
— Je vais devoir te quitter. Je suis trop loin de mon lac et je ne peux survivre longtemps hors de l'eau.
— Et l'eau de la fontaine ou de la rivière ?
— Pas les mêmes eaux, pas les mêmes énergies.
— Je comprends. Au fait, comment vous appelez-vous ?
— Je me nomme Aylinen…
— Et moi Ada.
Nous échangeâmes un regard et l'Ondine se leva.
— Prends soin de toi. Adieu vieille et belle dame.
Je la regardai s'éloigner, superbe.

Incroyable et singulière rencontre… Je ne l'oublierai jamais.

L'écaille mordorée et la larme brillaient dans leur écrin. Je refermai la boîte pour l'enfouir dans ma poche. J'y retrouvai mon petit caillou. Machinalement, je le sortis.
Gris, lisse et rond.
Sa constance me fit du bien.

Pourtant, à bien y regarder, une nouvelle marque se dessinait à sa surface.
Un simple triangle, pointe en bas, jouxtait la première figure.
Je crois que mon petit compagnon de pierre me racontait quelque chose.
Un jour, je comprendrais…

Une larme éternelle… Une larme d'Ondine. Triste et magnifique présent.
Aylinen m'avait touchée au plus profond de mon cœur.
Je me sentais si petite, si misérable, face à un tel être.
Comme en réponse à mes états d'âme, il se mit à pleuvoir.

Je trouvai refuge sous la frondaison d'un splendide tilleul.
Il sentait bon.
Une odeur délicate et suave et pourtant si intense qui emplissait l'air d'un parfum exquis de fleurs, doux et sucré.
Impressionnant et majestueux, et probablement millénaire, il dégageait néanmoins une impression de

tendresse et de grande féminité.
Peut-être ses feuilles en forme de cœur m'inspiraient-elles tout particulièrement ?
Je repensai à Aylinen.
J'avais le sentiment d'être restée une éternité auprès d'elle.
Je décidai de me poser un moment et de me laisser la possibilité d'intégrer, d'assimiler toutes ces incroyables et remarquables rencontres, révélations, confidences et même enseignements.

C'était une pluie d'été. Légère et chaude.
Sous mon dôme de feuilles, je rêvassai de longues heures et le temps passa.

Entre somnolence et éveil, je profitais de l'instant.
Rien que l'instant.

Je m'émerveillais de tout.
Car tout était beau.
Les oiseaux semblaient jouer un opéra connu d'eux seuls. Merveilleuses mélopées, charmantes et enchanteresses.
Leur chant me berçait doucement tandis que je m'amusais du bal des écureuils, qui montaient et descendaient les arbres à la recherche de nourriture. L'un d'eux s'aventura même jusque dans mon sac alors qu'il me croyait endormie. Je le laissai me subtiliser quelques champignons de ma réserve tout en essayant de ne pas rire trop fort.
J'aperçus même, au loin, quelques biches apeurées et une famille de sangliers fouissant la terre fraîche.

Cette immersion dans la Nature me fit un bien fou.
Je restai ainsi plusieurs jours.

Ces quelques jours de repos m'avaient permis d'assimiler, un tant soit peu, les récents évènements.
Surprenants, bouleversants.
Pourtant, une part de moi les estimait également naturels et presque ordinaires…
Curieuse sensation.

C'est donc toute ressourcée et pleine d'allant qu'un matin, je repris la route.

Les pluies printanières avaient cessé depuis longtemps et le ciel, déjà clair et dégagé, présageait une belle journée.

Chemin faisant, mes pas finirent par m'amener devant un très joli bosquet fleuri.

Il embaumait.

Rien de moins.

Toutes plus odorantes et plus éclatantes les unes que les autres, les myriades de fleurs me faisaient tourner la tête. J'avais envie de toutes les sentir, de toutes les toucher.

Les arbustes, gorgés de fruits de toutes sortes, formaient des entrelacs de leurs délicates et fines branches.

Tout était merveilleusement orchestré…

On aurait dit l'œuvre d'un artiste.

— Je me suis donné tellement de mal…

Tout à ma contemplation, je ne l'avais pas entendue approcher.

Émergeant de ce bel ouvrage, une gracieuse et charmante jeune fille me souriait.

Sa longue chevelure blonde, ornée d'une multitude de fleurs jaunes, couvrait pudiquement son corps nu et menu.

Ses grands yeux ambre, qui lui mangeaient tout le visage, sublimaient sa peau pâle et diaphane et lui conféraient une mine étrange, à la fois rayonnante et confusément mystérieuse, presque singulière.

— C'est magnifique. Quel travail !

— Pas vraiment… pour une Dryade, fit-elle en pointant vers moi son index qui se transforma lentement en bourgeon. Ce dernier s'ouvrit immédiatement, devint une superbe rose, puis disparut à peine éclose.

— Incroyable…

Son sourire timide soulignait joliment sa beauté juvénile.

— Je me nomme Ezelwen, gardienne des fleurs, chuchota-t-elle.

— Ada, murmurai-je, pour me mettre au diapason.

Elle paraissait si fragile.

— Tu sembles apprécier mon travail, vieille femme, poursuivit-elle.

Je me penchais pour sentir une fleur.

— Vous êtes une artiste, mademoiselle.

— Merci… Artiste peut-être, conteuse, sûrement. Veux-tu que je te raconte une histoire ?

— Avec grand plaisir, Ezelwen.

— Les fleurs, elles, adorent cela. Ce sont de petites coquines qui aiment les histoires d'amour. Peu importe comment elles finissent, d'ailleurs.

Elle m'invita à m'asseoir sur une jolie souche tout ornée de glyphes, et fit de même.

— Les fleurs sont les véritables artistes, en fait. Je les aide un peu, c'est vrai. Mais si tout est beau et harmonieux autour de nous, c'est grâce à leur chant.

— Leur chant ?

— Oui, elles chantent… Et leurs mélopées sont si belles qu'elles font chavirer les cœurs.

— Je l'ignorais.

— Peu le savent. Et c'est très bien comme cela. C'est leur petit secret…

— Je suis honorée de le partager avec vous.

— Jadis, tu le savais.

— J'ai tout oublié de mon passé…

La Dryade me caressa le bras et poursuivit.

— Elles content ce dont elles furent témoins, autrefois. Baisers dérobés, confidences et trahisons. Ainsi, elles deviennent ceux et celles dont elles narrent l'histoire.

— Connaissent-elles l'histoire de ce petit caillou ? demandais-je après l'avoir sorti de ma poche.

— Pas ces fleurs-ci. D'autres peut-être…

— Dommage.

— Désolée… Veux-tu entendre des récits d'autrefois ? Du temps où tu vivais parmi nous.

— Avec plaisir.

— Je serai leur interprète.

Les yeux levés vers le ciel, elle réfléchit un instant et finit par sourire.

— Oui… Celle-là sera bien, dit-elle pour elle-même.

Guenièvre

Guenièvre - sa chevelure d'or et son teint de lait - en font la plus belle des princesses du royaume de Bretagne. C'est en combattant sur les terres de Carmélide, alors qu'il apporte son soutien à Léodagan, son père, qu'Arthur tombe sous le charme de la jeune femme. C'est dit, elle sera sa reine. Et bientôt les cloches de Camelot sonnent à la volée, pour célèbrer leur union, au milieu d'une foule en liesse.

Sa délicatesse et sa douceur enchantent chacun des chevaliers qui, réunis autour de la table ronde, forment la garde rapprochée du roi. De combats en combats, le royaume grandit, tout comme la renommée d'Arthur.

Des contrées environnantes, de jeunes chevaliers rejoignent la cour de Camelot, rêvant de s'illustrer à leur tour dans la quête aventureuse du Graal. Arrive un jour, accompagné par Viviane, la fée du lac enchanté, un jeune chevalier. Nul ne connaît ses origines, on le dit fils d'un roi de Petite Bretagne.

Lancelot du Lac, c'est ainsi qu'on le surnommera. Tout dans son apparence témoigne de sa noblesse, et de la pureté de son âme. À peine son regard et celui de Guenièvre se sont-ils croisés, que les deux cœurs battent à l'unisson. Pour elle, il se fera adouber et siègera à la table ronde dont il deviendra le plus fameux des chevaliers.

Arthur apprécie cet homme pour sa force, son courage, et aussi pour sa courtoisie. Il en fait son plus proche conseiller. Lancelot chevauche à travers le royaume. Il combat, il traite, il secourt, et, lorsqu'il revient à Camelot, son esprit torturé s'échappe.

Une nuit enfin, les deux amants se retrouvent, la nuit suivante à nouveau, puis d'autres encore.

L'amour qui lie ces deux êtres semble inépuisable. La puissance de leurs sentiments efface pour un temps la culpabilité qu'ils éprouvent l'un et l'autre à l'endroit d'Arthur.

Un jour Guenièvre, est enlevée par Méléagant, un chevalier félon, qui brûle d'amour pour elle. C'est Lancelot qui part à sa recherche.

Après avoir affronté mille dangers et s'être humilié en voyageant dans une charrette conduite par un nain, il délivre la reine et la raccompagne à Camelot.

Mais Arthur n'est pas dupe. Il sait lire dans les cœurs. Lancelot doit s'enfuir tandis que Guenièvre est promise au bûcher.

Le jour dit, alors que la reine marche vers son supplice, le chevalier transi surgit accompagné d'une troupe de cavaliers.
Le combat s'engage en une mêlée sanglante où périssent de nombreux chevaliers. Arthur est battu, il accepte de gracier Guenièvre contre la promesse de Lancelot de quitter à jamais le royaume de Bretagne. Après quelque temps morose passé à la cour, Guenièvre se réfugie dans un couvent. Lancelot retrouvera Arthur pour combattre à ses côtés lors du combat de Camlann, là où il trouvera la mort.

Il est dit que les deux amants se revirent une dernière fois. Puis, respectant la parole donnée, ils se quittèrent pour toujours...

Le plus grand chevalier du monde...
Je restai pensive un moment.
— Arthur... Lancelot... Guenièvre... Ces noms me sont étrangement familiers.
Tout le long du récit de la Dryade, je n'avais pu empêcher mes doigts d'effleurer mon petit caillou.
— Leur histoire a peut-être dépassé nos frontières ?
— C'est possible, mais je crois qu'il s'agit d'autre chose. Au-delà d'être de belles et tragiques histoires, dignes des légendes, c'est vrai, elles éveillent en moi d'étranges sentiments... Forts et contradictoires. Mais vous avez sans doute raison... Elles m'ont probablement été racontées lorsque j'étais petite... Et cela me revient peut-être un peu trop brusquement.
Je chassai ces troublantes émotions d'un geste et reportai mon attention sur Ezelwen.

Celle-ci me fixait, me scrutait.

Elle sourit.

— Tu es prête.

D'un bond, elle saisit un grand bâton – que je n'avais absolument pas remarqué jusqu'alors –, en frappa le sol et, aussitôt, deux racines émergèrent brusquement de la terre. Elles grandirent à si vive allure qu'en un clin d'œil, se dressaient devant nous deux splendides et immenses arbres.
Il me sembla reconnaître un chêne et un bouleau.
Puis, dans un fracas assourdissant, leurs troncs se divisèrent, se tordirent et s'entrelacèrent tant et si bien que, l'instant d'après, se dressait devant moi une éblouissante sculpture végétale faite de savants et merveilleux entrelacs. Mouvante, changeante, elle semblait battre comme un cœur.

C'était prodigieux.
J'en restais bouche bée.
Ces entrelacs avaient-ils une signification ? Je m'apprêtais à questionner la Dryade quand, aussi soudainement qu'ils étaient sortis de terre, ils s'immobilisèrent.

Ils semblaient m'observer.
Je retenais mon souffle.

Bien que je ne puisse détacher mon regard de ses immobiles géants, du coin de l'œil, je vis Ezelwen me considérer longuement, sans détour.

Elle n'était plus la fragile Dryade que je venais de rencontrer. Elle semblait plus grande et plus mature.

— Les arbres sont venus te parler, Ada… Le puissant chêne et le délicat bouleau. L'arbre-père et l'arbre-mère, fit-elle d'une voix bien plus assurée. Ils sont le pont entre les profondeurs et les cieux. Entre l'ombre et la lumière.

Aussitôt, les deux arbres se mirent à onduler légèrement, faisant craquer leur bois.

Leurs branches s'allongèrent.

Encore et encore.

Je les touchais presque.

— Laisse-les dénouer et démêler les écheveaux de tes mémoires et de tes émotions secrètes.

Les branches m'effleuraient déjà.

Caressantes, elles m'observèrent, me considérèrent, me parcoururent.

Tendres, elles s'enroulèrent et m'enlacèrent.

Merveilleuse étreinte.

Si douce et délicate.

Je fermai les yeux.

Et me laissais aller…

Je me sentis soulevée, emportée vers la cime des arbres.

J'avais le sentiment que la Terre entière me prenait dans ses bras.
Un flot de larmes remonta du plus profond de mon être, ouvrant les portes de mon cœur.

— Vois s'échapper de toi toute cette noirceur, cette colère qui enserrait encore ton cœur. Paralysé, broyé, il ne pouvait plus battre à la mesure de ton âme.
— Sens en toi la fleur aux mille pétales qui fut, jadis, radieuse et épanouie mais qui, il y a bien longtemps, s'est altérée, flétrie.
Car ton cœur a saigné.
Beaucoup.
La fleur s'est alors éteinte, endormie.
Pour se protéger.
Pourtant, elle a sombré dans les eaux profondes de tes douleurs, sans jamais réapparaître.
L'ombre l'a rongée et tant de mauvaises herbes l'ont envahie. Elles ont noué, scellé toutes ces émotions douloureuses, discordantes en autant de nœuds, de chaînes qui, à présent, t'asservissent.

Les arbres me portèrent au-delà de leur frondaison, au-delà du temps.
Leur amour infini m'éleva dans un ailleurs sans nom.
Je dors dans le brouillard…
Au fil des paroles d'Ezelwen, je sentais mon cœur s'alléger, s'élever.

— Goûte le suc de la fleur aux mille pétales, le lotus si longtemps amer et qui, à présent, s'adoucit et retrouve la lumière, solaire et lunaire.
— Touche ses pétales fanés qui se regorgent de vie et qui se purifient.
Je sentis mon cœur s'ouvrir.
Vraiment.
Littéralement.
Un torrent de lumière me traversa alors de part en part.
Lumière divine et musique céleste.
— Écoute leur chant silencieux, qui te berce, comme l'enfant que tu as jadis été. Écoute leur chant de rédemption et d'amour. Écoute les voix mêlées de la lune et du soleil qui te révèlent ta nature profonde…..
Ta nature de prêtresse.

Prêtresse... Moi ?

J'ouvris les yeux.

Plus d'arbres géants.
Plus de fleurs.
Plus de Dryade.

J'étais étendue dans l'herbe. Seule.
Avais-je rêvé ?
Ou définitivement sombré dans la folie ?

J'avais un nœud dans le ventre.
Entre tristesse et colère.
Triste de la brusque disparition d'Ezelwen, qui semblait en savoir tant sur moi.
En colère de tous ces départs précipités et de ces adieux que je ne ferais jamais.

Ses derniers mots tournaient encore dans ma tête.
Prêtresse...

Mes interrogations et mes états d'âme cessèrent là, à cet instant précis.

Car, un cri strident explosa dans mon crâne.

Décidément, cette contrée ne me laissait aucun répit.

Je jetai un œil autour de moi :
Une escouade de rongeurs m'encerclait.
Gulliver cerné par les Lilliputiens.
Et l'un d'eux venait de hurler à mon oreille droite.

Je retenais mon souffle.
Ils semblaient vraiment inoffensifs... Mignons à croquer, même. Mais l'idée de ces dizaines de petites incisives pouvant se jeter sur moi comme un seul homme me fit frissonner.

Le petit délinquant qui m'avait presque rendue sourde sauta sur ma poitrine.
Il entama ce qui me sembla être un discours – à moins que ce ne fût une sévère réprimande – mais auquel, de toute façon, je ne compris rien, ne parlant pas couramment le hamster.

Ne souhaitant pas le froisser, j'attendis qu'il ait fini pour m'asseoir.

Son devoir accompli, le petit leader rejoignit les siens pour ce qui me sembla être un casse-graine général.

Ainsi, lui et ses comparses s'avérèrent tout ce qu'il y a de plus pacifiques et je passai le reste de la journée à les regarder gloutonner, s'amuser puis somnoler mollement.

Une petite touche de légèreté et de bonne humeur sur cette route tumultueuse... Quel bonheur !

Je me réveillai au petit matin, avec une petite bande de hamsters, campagnols et gerboises blottis contre moi.
Pour me tenir chaud ou avoir moins peur ?
Qui sait...

Je souris.

Petits instants magiques, uniques et merveilleux, à ne jamais oublier.

Et puis, aux premiers chants des oiseaux, ils s'égaillèrent peu à peu dans toutes les directions.
Le petit gaillard hurleur fut le dernier à partir.
Il me tournait déjà le dos quand il se ravisa, fit demi-tour et vint poser dans ma main une minuscule graine.
Après un dernier petit cri bref, il rejoignit ses compagnons.

Je souris à nouveau.

Une brise chaude vint caresser mon vieux visage.
Comme une invitation à reprendre mon chemin.
Je déposai délicatement le cadeau du petit rongeur dans la boîte de nacre que m'avait offerte l'Ondine.

Estimant que le cadeau d'un hamster bavard valait bien celui d'une Ondine...
Un jour, peut-être, je saurai quoi en faire.

Machinalement, je sortis mon petit caillou de ma poche... Un nouveau glyphe était apparu... Un autre triangle, tête en bas.
Je soupirai et repris la route.

Toujours sans trop savoir où j'allais. Vers mon destin, c'était certain.
Je ne fus pas seule longtemps.
Le sentier s'était élargi et bientôt, de part et d'autre, les arbres firent place à de grands champs composés de hautes herbes et de fleurs multicolores.

J'entrai dans le royaume de la couleur... Et des papillons. Il y en avait tant – de toutes les formes et de toutes tailles – que le ciel me faisait l'effet d'une palette de peintre fou.

Puis, il me sembla que certains d'entre eux avaient une drôle d'allure.
Et, à bien y regarder, je pouvais même distinguer de jolis petits visages souriants et de graciles corps miniatures...

— Ah mais oui !
Des Fées !

À peine plus grandes que des papillons, elles voletaient gaiement de fleur en fleur, seules ou par nuées. Certaines m'ignoraient totalement tandis que d'autres m'avaient déclarée terrain de jeux.
Elles me tirèrent les cheveux, tentèrent de me soulever – sans succès, bien sûr –, me lancèrent toutes sortes de végétaux – fleurs, brins d'herbe, noyaux de cerises – et finirent par me faire éternuer en frottant leurs ailes sur mon nez.

Il faisait beau et chaud.
Joie et bonne humeur m'entouraient.
Je retrouvais mes vingt ans. Insouciante et heureuse.

Et puis, l'une d'elles vint se placer devant moi et me fixa avec insistance.

Je me penchai et plissai les yeux pour mieux distinguer ses traits.

Aussitôt, elle se mit à grandir, grandir, pour bientôt atteindre la respectable taille d'un empan.

— C'est mieux comme cela ?

— Euh... Oui. Enchantée, belle Fée, fis-je tout naturellement, ne m'étonnant plus de rien.

Elle était tout en longueur et presque nue. De microscopiques papillons dansaient autour d'elle.

— Je suis Inwynn, souveraine de ces prés. Je suis le vent et l'insouciance.

Dans un souffle, je murmure les secrets, mais jamais ne les révèle au monde.

Puis je m'envole pour mieux les oublier. Car tout est léger, puisque rien ne pèse...

Bienvenue dans mon royaume !

Je lis en toi comme dans un livre ouvert et je vois tout le chemin que tu as déjà parcouru.

Tu t'es connectée à la Terre, tu as appris à voir la vie en tout et à respecter le petit comme le grand.

Tu as appris à écouter ton cœur, à sécher tes larmes et à pardonner aux autres et, surtout, à toi-même.
Tu es morte pour mieux renaître et les eaux de l'Ondine t'ont lavée d'une partie de ta noirceur.
Puis, le chant de la rédemption a résonné à tes oreilles...
Pour qu'enfin, ton cœur se dénoue totalement et que s'ouvre la fleur aux mille pétales, porte vers la lumière et la pureté.
Car, sais-tu qu'il n'y a qu'une seule voie possible ?
Le sais-tu ?

— ...

— J'ai un secret à te révéler...

Tu t'es transformée... À n'en pas douter. Et c'est bien. Mais voudras-tu que les autres en fassent autant ? Souhaiteras-tu façonner les tiens à ton image ? Tu t'es transformée... et c'est ton choix mais tu dois voir la perfection en tout.
Car même ce qui est sombre t'apprend... Par opposition, il te montre le chemin de la lumière.
Tu étais parfaite avant de commencer cette quête et tu l'es toujours aujourd'hui. Tu es simplement différente.
Ton petit caillou t'a aidée à revenir dans cette contrée car il a exaucé un vœu cher à ton cœur et à ton âme.
Rien n'arrive que tu n'aies profondément souhaité.

C'est souvent inconscient, bien sûr, et là est toute la difficulté.
Mais surtout, retiens ceci :
Vois la perfection en tout.
Même en ce qui te déplaît.
Surtout en ce qui te déplaît.
Et alors, ton cœur deviendra pur.
Car il verra la beauté en tout.

Je vais te faire un cadeau.
Le veux-tu ?
— Je vous fais confiance, Inwynn.

— Alors, suis-moi à l'orée de ce bois...
Je vais te présenter deux amies.

Là d'où tu viens, elles ont été moult fois représentées...

Voilà... Nous y sommes.

Ferme les paupières.
Respire...
Attends...

Tu peux rouvrir les yeux.

La Dame à la Licorne

Elles étaient là... Devant moi :
Une merveilleuse Licorne accompagnée d'une ravissante jeune femme...

Me revinrent alors en mémoire les six tapisseries du XVe siècle que j'avais tant admirées.
Les cinq premières représentaient les cinq sens, tandis que la sixième, nommée « À mon seul désir », aurait été une synthèse des premières. À moins qu'elle ne fût un plaidoyer au renoncement car dans cette dernière, plus épurée, la jeune femme déposait ses bijoux dans un coffre. Elles étaient d'un artiste inconnu, et je me souviens que les interprétations en étaient multiples.
Je m'en voulais de penser à cela maintenant. Qu'avais-je à faire de cette culture qui, ici, n'avait aucun sens... Peut-être était-ce parce que la jeune femme qui se tenait devant moi ressemblait beaucoup à sa repré-

sentation. C'était troublant. L'artiste avait-il passé la frontière comme moi et l'avait-il rencontrée ?
Je me gardai de poser la question. D'ailleurs, je me taisais car, devant tant de beauté, il n'y avait rien à dire.

Inwynn voletait autour de moi tandis que je ne pouvais détacher mon regard de la Licorne.

— Ni l'une ni l'autre ne parlent, finit par murmurer la petite Fée.
Vois simplement l'amour qui les unit et la grande pureté qui émane d'elles.
C'est un cadeau merveilleux qu'elles te font, alors nourris-toi de leur lumière.

Jusqu'alors centrées l'une sur l'autre, dans un seul mouvement la dame et la Licorne se tournèrent vers moi et me sourirent.

Mon cœur fit un bond dans ma poitrine. J'eus l'impression que l'univers me regardait. Dans toute sa mansuétude, sa compassion et sa bienveillance.
Mais aussi dans toute sa grandeur, sa force et sa puissance.

Puis, elles échangèrent un regard avec Inwynn, nous saluèrent et s'en allèrent.
La petite Fée se posa sur mon épaule et soupira.
Je l'imitai.
Pas de parole.
Tout était dit.

— Merci... Merci infiniment, Inwynn.

— Jadis, c'est toi qui me fis ce cadeau. Ce n'est que juste retour...

Devant ma stupéfaction, elle poursuivit.

— Bien que tu n'y croies pas vraiment, il t'a été révélé que tu étais une prêtresse. Mais tu étais bien plus encore.

Elle se tut.

J'attendis la suite...

En vain.

— J'imagine que vous n'allez pas m'en dire plus, fis-je, totalement résignée à ne rien comprendre.

En guise de réponse, elle me sourit.

— Je reçois beaucoup de sourires depuis le début de cette aventure. Et peu de réponses à mes questions.

Elle haussa les épaules, mutine.

Tout à ma conversation avec Inwynn, je ne vis pas que nous étions à nouveau entourées de Fées.

Tantôt pensives, tantôt espiègles, toutes proches mais pourtant, parfois, étrangement absentes.

— Elles ne vivent pas dans le même temps que toi. Les Fées sont des êtres joueurs, comme tu l'as constaté à ton arrivée, mais elles peuvent aussi être profondément songeuses... Par moments, leur esprit s'échappe dans de douces rêveries et elles seules savent quand elles en reviendront. Peu importe d'ailleurs, puisqu'elles sont éternelles.

— Éternelles... méditai-je. Comme les larmes d'Ondine.

—Viens... Si tu restes trop longtemps en leur compagnie, le temps s'arrêtera pour toi aussi et jamais plus tu ne quitteras ce lieu.

Une torpeur éternelle... Cela me fit froid dans le dos.

— Où va-t-on ? hasardai-je.

— J'aime faire des surprises...

Sur ce, elle déposa un baiser sur mon front.

Et, en moins de temps qu'il ne faut pour le dire, nous étions dans un tout autre endroit.

Sur la rive d'un lac.

— Allez-y doucement avec moi, petite Fée... Je suis une vieille femme. Trop d'émotions vont me tuer.

— Il en faut plus pour te vaincre, crois-moi !

— Si vous le dites... murmurai-je. Où sommes-nous ?

- Là où tout a commencé et là où tout finit...

Mais pour le moment, laisse-moi évoquer un autre lieu... Légendaire lui aussi. Un peu semblable à celui-ci. Où, jadis, la Fée Viviane offrit l'épée Excalibur au roi Arthur... Rien moins que cela.

- Parlez-moi de cette Fée, Inwynn.

Viviane

Elle fut une de ces fées, sorties de la cohorte des esprits de la nature, qui souhaita ne plus être simple spectatrice du théâtre des hommes.
Tout ceci aurait pu rester de simples rêveries de fée… Mais le destin en décida autrement. Viviane était une ondine, une fée de l'eau. Ainsi, passait-elle le plus clair de son temps près des sources de sa forêt natale, Brocéliande. Et c'est près de l'une d'elles – la fontaine de Barenton – qu'elle fit un jour une étrange rencontre.
La forêt était ensoleillée et Viviane rêvassait en caressant d'une main paresseuse l'eau claire, quand il pénétra dans la clairière. L'homme avait l'apparence d'un jouvenceau. Assoiffé, il se dirigea droit vers la fontaine sans voir la fée qui l'observait, cachée sous la surface de l'eau.

Vêtu d'un grand manteau fané comme les fleurs d'automne, il avançait d'un pas alerte.

Elle reconnut immédiatement Merlin. Les êtres mi-hommes mi-démons ne couraient pas les bois, même en forêt de Brocéliande…
Il émanait de lui ce singulier charisme que seuls les sorciers possèdent, ce charme de la magie humaine, si différente de celle, naturelle, des fées. L'ensorcelante beauté du pouvoir...
Elle fut immédiatement séduite. Envoûtée.
Lorsqu'il leva les yeux, il la vit sortir de l'eau et son cœur explosa.
C'était elle. Celle qui lui était destinée. Celle qu'il aimerait éternellement.
Les destins de l'enchanteur et de la fée étaient désormais scellés.
Et l'histoire pouvait être écrite.

Au fil des jours et des semaines, Merlin, fou amoureux, voulut prouver à cette merveilleuse créature la sincérité de son amour. Mais rien n'impressionnait Viviane. Finalement inspiré, il fit apparaître un extraordinaire palais de cristal au fond d'un vallon qu'il emplit des eaux d'un lac.
Viviane consentit enfin à un premier baiser…

Mais l'ondine, désormais appelée la Dame du Lac, en voulait toujours plus, et les présents, fussent-ils sublimes, ne suffisaient pas à la combler. Ce qu'elle voulait, c'était la magie de Merlin, son pouvoir. Ainsi, des années durant, le sorcier lui enseigna tout ce qu'il savait, et à chaque étape de son apprentissage, la fée lui accordait une faveur supplémentaire.

L'amour d'une fée qui rêvait d'une âme et d'un demi-démon qui chercha toute sa vie à racheter ses origines, demeurera éternellement singulier aux yeux du commun des mortels.
Sans doute est-ce cela qui en fit un amour légendaire.
Grâce à Merlin, Viviane en apprit davantage sur le monde des hommes, en particulier sur celui des chevaliers de la table ronde et leurs Dames. Elle comprit ainsi l'importance qu'ils présentaient aux yeux du magicien.
Aussi, lorsqu'elle découvrit ce nourrisson, délaissé par sa jeune mère, tout juste veuve du roi Ban, elle enleva l'enfant et l'emmena dans son palais de cristal au fond du lac. Elle le nomma Lancelot et l'éleva dans les plus pures valeurs chevaleresques afin qu'il devienne le plus grand des chevaliers.
Viviane finit par l'aimer comme son fils et ce fut un déchirement lorsque, le jour de ses dix-huit ans, elle mena Lancelot aux portes de Camelot pour qu'il accomplisse son destin.
Mais ceci est une autre histoire…
Merlin avait toujours pressenti que Viviane avait un

grand secret, bien protégé par une magie qu'aucun de ses sortilèges ne pourrait démasquer.
Un jour pourtant, la belle fée lui confia enfin son secret et lui révéla qu'elle était la gardienne de l'épée des dieux. L'épée oubliée de tous, l'épée des rois… Celle que nul autre que l'élu ne pouvait toucher sans périr, celle que nul ne pouvait briser…

Excalibur.

Merlin l'avait cherchée de longues années, en vain.

Les fées l'avaient préservée depuis le temps des dieux et des gardiennes avaient été désignées afin d'en prendre soin jusqu'à ce qu'un roi s'en montre digne.

Ce fut la Dame du Lac, celle qui précéda Viviane, qui remit l'épée à Arthur.

Grâce à cette légendaire épée, Arthur devint celui qui fédéra la Bretagne, celui qui réunit les chevaliers autour de la table ronde, et sous le règne duquel la quête du Graal fut initiée et achevée.
Après la mort du roi, lorsqu'Excalibur fut jetée dans le lac magique, c'est la main de Viviane qui apparut pour la saisir et l'emmener dans les profondeurs, où elle repose dans l'attente d'un prochain prétendant.

Les années passèrent. Ne supportant plus les absences répétées de son amant qui s'occupait des affaires des hommes, la Dame du Lac exigea qu'il lui enseigne un dernier sortilège.
Bien qu'il sût qu'il courait à sa perte, Merlin le lui dévoila.
Ainsi, une nuit, Viviane récita les incantations secrètes. Neuf fois son voile tourna autour de l'enchanteur assoupi, l'enfermant pour toujours dans une grotte magique – certains disent que ce fut une tour de verre ou d'air – où il dormirait pour toujours.

Aujourd'hui encore, un cercle de pierres marque l'emplacement de sa prison éternelle dans la forêt de Brocéliande.

Tel fut le destin de Viviane la Fée, Dame du Lac et gardienne de l'épée des Dieux…

— Dites-m'en plus sur Merlin, s'il vous plaît...
— Ah ! Merlin...
Il fut, tout simplement, le plus grand magicien du monde.
Voilà tout.
— Mais encore...

Merlin

Merlin...
Sa vie fut fascinante, mystérieuse et surnaturelle.

Et cela commença dès sa conception.

Sa mère, Adhan* avait une sœur possédée par le Diable – disait-on – et qui se prostituait. Pour ne pas sombrer à son tour dans la débauche, la jeune femme se protégeait en menant une vie pieuse et vertueuse. Mais un soir, elle omit d'effectuer le petit rituel conseillé pas son confesseur le père Blaise et le Diable en profita.
L'on ignore s'il la posséda par la ruse ou par la force, quoi qu'il en soit, neuf mois plus tard, un étrange enfant venait au monde.
Poilu comme un petit animal, il sut, dès les premiers jours, parler et marcher.
Parce qu'il était à moitié démon, il avait reçu le pouvoir de connaître toutes les choses passées, et parce que sa mère était pure et tournée vers Dieu, il avait reçu la faculté de voir l'avenir.
Ainsi, Merlin, possédait la maîtrise du temps dès sa naissance…

* selon une vieille version des *Prose Brut chronicles*

Adhan était tout amour, et bien que quelque peu troublée par l'aspect et les aptitudes extraordinaires de son enfant, elle l'aima aussitôt. N'espérant qu'une seule chose… élever son enfant modestement, dans l'amour et la vertu.

Mais, en ces temps-là, les femmes qui ne pouvaient nommer le père de leur enfant devaient être brûlées. Merlin, du haut de ses quelques jours de vie, fit alors sa première prédiction en assurant à sa mère que personne ne lui ferait de mal.

Et il en fut ainsi.

Les sept premières années de sa vie furent paisibles et, au côté de sa mère, il put voir éclore de nouvelles capacités comme communiquer par la pensée ou se transformer en animal. Les oiseaux – corbeaux ou merles – et les cerfs avaient toutefois sa préférence. Par la suite, il apprit aussi à prendre la forme de vieillard, d'homme sauvage ou encore de villageois pour délivrer des messages sans être reconnu…

Doté d'une sagesse innée, nourrie par un profond lien d'amour pour la forêt et les animaux, le jeune garçon aimait la solitude et se réfugiait fréquemment auprès de grands arbres, auxquels, d'ailleurs, il se comparait aisément. On dit même qu'il leur parlait, surtout aux pommiers avec lesquels il eut tout au long de sa vie, un lien tout particulier… Peut-être cela avait-il à voir avec l'île d'Avalon ? L'île des pommes et des fées…

Plus tard, adulte, il fera de la forêt sa demeure, son espace de quiétude et s'y réfugiera souvent, notamment lors d'intenses périodes de folie ; lorsque tout ce savoir se fera un trop lourd fardeau, même pour l'incroyable enchanteur qu'il deviendra.
Il rendra aussi régulièrement visite au confident de sa mère, le père Blaise, qui s'était retiré du monde des hommes dans les terres lointaines du Nord, et qui deviendra son confident et scribe.

En grandissant, un lien étrange s'instaura entre le jeune garçon apprenti druide et les dragons, créatures pourtant unanimement craintes et détestées. Alors même qu'il n'en avait encore jamais vus, un dialogue intérieur s'établit tout naturellement entre Merlin et certains d'entre eux. Tout au long de sa vie, ce lien puissant se renforça et il préféra les apprivoiser plutôt que les combattre et les détruire comme le faisait alors tout bon chevalier. Il verra en eux des protecteurs plutôt que des destructeurs.

D'ailleurs, c'est pour cette raison qu'encore enfant, il sut que deux dragons s'étaient endormis sous la tour que le roi Vortigern construisait pour se protéger des deux prétendants légitimes au trône, Uther Pendragon et Moine. Lorsqu'ils furent réveillés, les deux dragons, l'un blanc, l'autre rouge, se jetèrent l'un sur l'autre et s'entretuèrent. Symbolisant, par là-même, la lutte sans merci que Vortigern et Uther Pendragon se livreraient plus tard.
Ainsi, bien avisé, le vainqueur de ce combat, Uther, prendra l'enchanteur comme conseiller lorsque celui-ci sera adulte.

Le temps passa et Merlin devint un druide puissant et respecté. Il apprit la magie et devint un maître en la matière et même, le plus grand magicien du monde. Pourtant, malgré ses immenses connaissances, sa quête de savoirs ne semblait pas avoir de limites.
Ainsi, il s'intéressa à de nombreux domaines comme, par exemple, l'astronomie et l'astrologie et devint tout naturellement un grand érudit dans ces domaines.

De plus, son talent inné pour lire les pierres fit de lui un bâtisseur hors norme, notamment de mégalithes, comme le cercle magique et céleste de Stonehenge.

Mais, ce furent surtout ses dons de prophète – lui offrant une vision claire des arcanes de l'avenir – qui le firent entrer dans la légende.

Merlin voyait loin. Très loin même. Certainement au-delà de ce que nous pourrions imaginer…
Il savait aussi qu'il devrait tricher avec les lois de la nature, favoriser certains au détriment d'autres.
Il savait tout cela.
Ce fut sa force.
Ce fut sa douleur.
Il fit face, seul, à des choix cornéliens qu'il n'aurait souhaités à son pire ennemi.

Mais, il savait que pour accomplir ce qui lui semblait juste, il devrait s'arranger avec sa conscience et que garantir le destin du royaume de Bretagne en unifiant le peuple breton et initier la quête du Graal demanderait des sacrifices.

Ainsi, grâce à l'un de ses sortilèges, Merlin permit à Uther Pendragon, roi de Bretagne, dont il était devenu l'ami et le confident, de prendre l'apparence de Gorlois, l'époux d'Ygerne, de se rendre en son château et de satisfaire son désir.

Ce qu'Uther n'avait pas prévu, c'est que cette nuit-là, Gorlois serait tué et qu'un enfant serait conçu. Arthur.

Ce que n'avait pas non plus prévu Uther, c'est que l'enfant serait le prix à payer pour cette duperie.

Ainsi, après quelques mois, Arthur fut enlevé à ses parents et confié à Antor, qui l'élèverait loin des intrigues et luttes de pouvoirs.

Dès lors, Merlin devint le secret protecteur du jeune garçon.

À la mort d'Uther, le magicien organisa un défi qui offrirait le trône de Bretagne à celui qui pourrait arracher la mystérieuse épée enchâssée dans son enclume, épée qu'il avait placée là lui-même la veille. Merlin en connaissait déjà l'issue puisqu'il savait depuis dix-huit ans qui était l'élu.

Comme prévu, un jeune écuyer du nom d'Arthur, inconnu de tous, arracha l'épée, presque fortuitement.

Ce ne fut pas simple d'imposer le jeune homme aux clans bretons et Arthur dut faire ses preuves.

Ce fut Merlin qui conduisit le jeune roi auprès de Viviane, la Dame du Lac, afin qu'elle lui remît Excalibur.

Ce fut encore lui qui œuvra pour réunir les meilleurs chevaliers autour de la table ronde, afin que fût initiée la quête du Graal.

Pourtant, malgré tout son pouvoir, il ne put empêcher la chute du royaume de Bretagne et la mort d'Arthur. Car tout était écrit.

Il s'employa, cependant, à ce que le chemin qui menait à cette funeste conclusion fût le moins chaotique possible.

Y parvint-il ?

Quoi qu'il en soit, dans le cœur de tous, Merlin l'enchanteur demeurera le plus grand magicien de tous les temps…

…

L'amour qu'il portait à Viviane, tu le sais déjà, scella son destin à jamais.

Un jour, peut-être, sa puissante magie aura raison du sortilège qui l'emprisonne... Et nous aurons alors l'extrême privilège de voir ce vénérable vieillard fouler à nouveau le sol de la forêt de Brocéliande.

— Merlin... Viviane... Je commence à me souvenir.

— C'est bien... Sais-tu où nous sommes ?

— Avalon...

— Comment allons-nous nous y rendre ?

— Certains parlent d'une barque... Mais toi et moi n'avons besoin de rien d'autre que de notre volonté. Il nous suffit d'y penser et nous y serons. Es-tu prête ?

Je pris une profonde inspiration.

— Oui.

Je fermai les yeux.

Lorsque je les rouvris, j'étais seule, au beau milieu d'une clairière, au centre de laquelle un grand pommier trônait fièrement.

Mon cœur battait la chamade.

Il m'avait simplement suffi de vouloir me rendre sur cette île pour m'y trouver... Comment ?

— Inwynn t'a bien dit que tu étais magicienne...

Je cherchai mon interlocutrice...

— Derrière toi.

En me retournant, je sentis d'abord sa chaleur avant de la voir.

Un être de feu, rouge flamboyant, flottait devant moi.

Ni belle, ni laide, elle était... étrange et fascinante.

— Je m'appelle Ysgarane. Je suis une Salamandre, immatérielle, impalpable et je terrasse le faux et le corrompu.

Ici s'achève ton chemin. Et c'est le feu qui scellera ton destin.

Je reculai.

— Mes flammes ne vont pas te brûler... Pas comme tu le penses, en tout cas.

— Vous me faites peur.

— Je sais. Mais c'est l'ultime porte. Tu as le choix. Si

tu veux retrouver tous tes souvenirs, savoir pourquoi tu as traversé la frontière jadis, qui a scellé ton petit caillou, et surtout, savoir qui tu es, tu dois me laisser faire. Tu peux refuser mais tu te retrouveras à l'instant même à ton point de départ, de l'autre côté de la frontière... Du côté de ceux qui ne croient plus. Et tu auras tout oublié.

Choisis !

J'avais toujours eu peur du feu... Pourtant, je devais savoir. J'avais vécu trop de choses pénibles pour reculer maintenant.

— Allez-y. Faites de moi ce que vous voulez.

— Pose ton sac.

J'obtempérai.

Elle ouvrit les bras...

Je serrai les mâchoires, bloquai ma respiration et fermai les yeux.

— Que les flammes brûlent le voile de l'oubli et que trépasse l'ancien, proclama-t-elle.

... Et elle m'enserra dans une étreinte brûlante.

Je pensais souffrir le martyre et ce fut l'inverse...

En un instant, le poids des ans s'envola. Je me sentis purifiée de l'intérieur.

Incrédule, je me défis de son étreinte et la fixai sans comprendre.

— Tu étais vraiment bien enfermée dans ta carcasse de vieille femme... Sourde et aveugle à tout... Ma sœur.

— Ma sœur ? Ma sœur... Oui, je me souviens à présent... Je me souviens ! Oui. Ma SOEUR ! Je suis, moi aussi, une dame d'Avalon... Bien sûr ! Je ne sais pas encore pourquoi je me suis égarée, mais je sais que je vivais ici. Parmi vous. Où sont les autres ?

— Tu en as rencontré déjà cinq si tu me comptes.

— ...

— Oui...

— Bien sûr... Ymirée, Aylinen, Ezelwen, Inwynn et vous, Ysgarane, êtes des dames d'Avalon ?

— Assurément.

— Il faut que je m'asseye.

Viviane

En tailleur, dans l'herbe, je repassai mon périple en revue. Je repensai à toutes les histoires que l'on m'avait racontées. Sur le moment, je ne comprenais pas, bien sûr. Mais parmi ces légendes, mon histoire se lisait en filigrane. Guenièvre, Arthur, Lancelot, Viviane, Merlin... Je les connaissais tous et toutes.

Je n'en revenais pas.

— Une dame d'Avalon. Moi, Ada. La vieille Ada qui marche à trois temps.

— Pas si vieille que ça... Regarde tes mains.

Je les contemplai, perplexe.

— Bien sûr... L'île d'Avalon... L'île de la jeunesse éternelle. Je suis redevenue jeune...

Une petite cloche tinta au loin au même instant.

Je levai la tête.
Elles étaient trois.
Toutes de blanc vêtues, une couronne de fleurs dans les cheveux. Aussi belles les unes que les autres, et pourtant si différentes.
— Bienvenue, chère sœur...
Mon cœur battait la chamade.
— Merci, murmurai-je.

Puis, suivirent Ymirée, Aylinen, Ezelwen, Inwynn et Ysgarane. Également toutes vêtues de blanc. Inwynn, la petite Fée, était devenue aussi grande que les autres et ses ailes avaient disparu.
Quant à la brûlante Ysgarane, restée à mes côtés, bien que toujours aussi étrange, son corps n'était plus assailli par les flammes.
Aylinen, l'Ondine, s'avança vers moi.
— Je suis heureuse de te retrouver sous tes véritables traits... Je t'avais promis qu'on se retrouverait.
Tu as surmonté ton ultime peur... Je suis fière de toi. Bien que je n'aie jamais douté de toi, en vérité.
— Je te remercie infiniment. Je ne sais que dire. Je suis encore troublée et mes souvenirs sont encore flous.
Je ne comprends pas... Êtes-vous des Fées ou les dames du lac ?

— Nous sommes les deux. Nous sommes toutes de nature féerique et avons toutes nos particularités. À la seconde où tu as posé le pied de ce côté de la frontière, nous avons su que tu étais de retour. Il était important que nous prenions soin de toi et que nous te fassions recouvrer la mémoire peu à peu.

— Je comprends mieux... Et vous remercie pour tout. Même si parfois, vous n'y êtes pas allées de main morte...

Aylinen esquissa un sourire...

— Nous étions neuf sœurs, il me semble. Nous sommes donc toutes là, n'est-ce pas ? Aylinen...

Es-tu notre reine, Morgane ? questionnai-je. Je ne comprends pas : qui pose cette question ? Et est-ce normal qu'elle l'appelle déjà Morgane alors qu'on ne sait pas encore qui elle est, ce n'est qu'un peu plus loin qu'on apprend qu'elle est Morgane…

Elle me sourit malicieusement en relevant un sourcil.

— Qu'en penses-tu ?

— Cela ne m'étonnerait pas du tout, en tout cas...

— Eh bien... Non.

— Non ? Mais laquelle de vous alors ?

— Viens... Cela te sera révélé... Mais pour le moment, suis-nous.

Nous marchâmes en silence jusqu'à un ensemble de pierres levées.

Les neuf menhirs formaient un cercle parfait, au centre duquel trônait une pierre oblongue qui devait faire office d'autel. Une longue robe grenat y avait été déposée, ainsi qu'un grand bâton entièrement sculpté et orné d'une belle jade.

Aylinen me coiffa d'une couronne de fleurs.

Le vent se leva et fit danser mes longs cheveux redevenus noirs.

Les dames d'Avalon vinrent se placer à l'intérieur du cromlech, chacune devant un menhir.

Je me plaçai devant la dernière pierre.

Mes sœurs se recueillirent en une prière silencieuse et je tentai de faire de même.

Je ne sais si ce fut la prière commune, le lieu – sacré et rassurant – ou encore mes sœurs toutes réunies, mais un déclic se fit en moi.

Je m'avançai au centre du cercle de pierres. Je m'habillai de la robe et me saisis du spectre.

Les brumes de l'oubli s'étaient à présent totalement dissipées...

Morgane

... Et je me souvins...

— Je suis Morgane, reine d'Avalon, magicienne et prêtresse celte, déclarai-je.
Fille du roi de Cornouaille et d'Ygerne, je fus élevée, à la mort de mon père, par Uther Pendragon.
Je fus initiée aux arts, aux sciences et à toutes les magies par Merlin l'enchanteur lui-même, qui devint mon mentor.
Mais, très vite, nos opinions sur l'avenir de la Bretagne divergèrent et nos chemins se séparèrent.
Alors que je tentais, par tous les moyens, de sauver le culte de la déesse-mère et par là même, l'âme celte, Merlin s'évertuait à soutenir mon frère Arthur dans sa désespérante entreprise de christianisation à travers la quête du Graal.
Condamnant, ainsi, la sagesse druidique à sombrer dans l'oubli...

Aveuglée par le déclin de ce savoir ancestral, je ne vis pas s'obscurcir mes pensées et mes actes.
Ces sombres années pesèrent lourd sur mon destin. Grâce à un sortilège, j'allai même jusqu'à m'unir à mon frère Arthur dans l'ultime espoir que le fruit de notre union, notre fils Mordred, sauverait le culte celte.
Ainsi, pour tous, je devins la déesse des ténèbres et de la mort...
Je n'ai pas voulu ce qui advint.
J'aimais mon frère.
J'aimais mon fils.
Lors de la bataille de Camlann, après un combat acharné, tous deux s'entretuèrent.

Et mon cœur se déchira.

Dans une ultime tentative de rédemption, j'accompagnai mon frère jusqu'à sa dernière demeure, l'île d'Avalon. Je me fis alors guérisseuse, je devins reine de cette prodigieuse île et gardienne de la dépouille du roi Arthur.

Mais cela ne suffit pas.
Ivre de chagrin, titubant sous le poids des remords,

je m'abandonnai aux noirceurs de la culpabilité. L'amour et le soutien de mes sœurs ne suffirent pas.

Je sombrai.

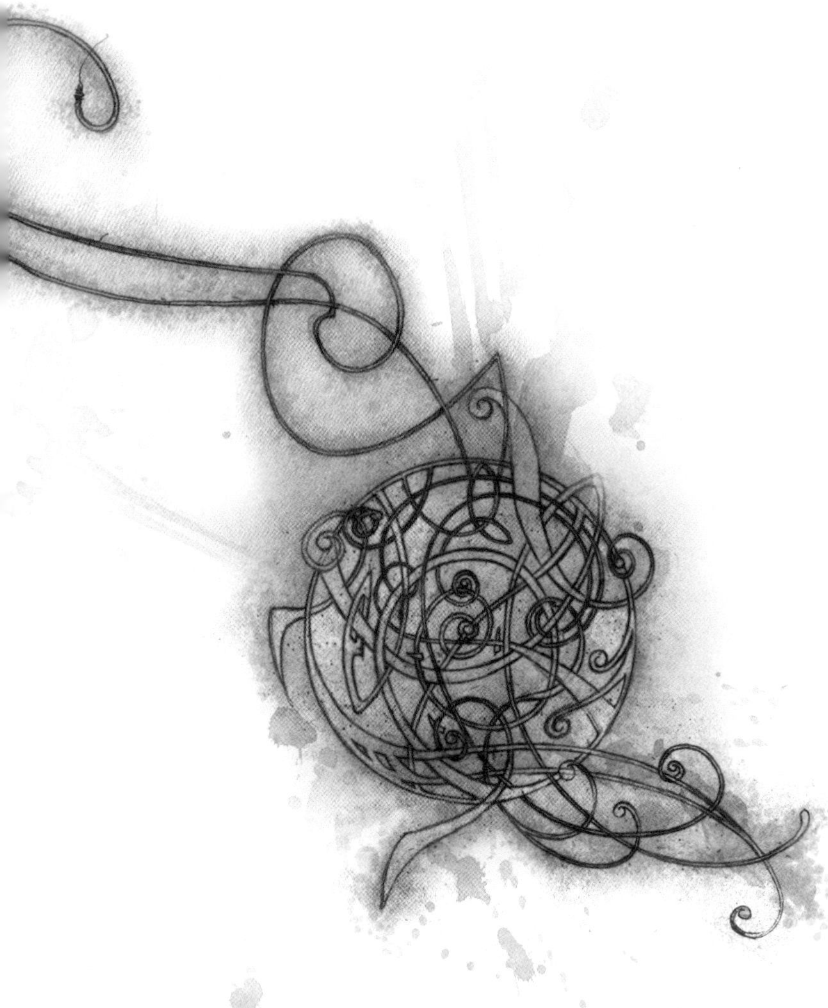

À présent, toutes mes sœurs avaient levé les yeux et toutes m'écoutaient avec attention.

Je repris.

— Pendant de longues années, je cherchai le moyen de ne plus souffrir.
Le moyen de ne plus me revoir, encore et encore, fermer pour toujours les yeux de mon frère...
Par ma faute.
Je pris une nouvelle apparence, celle d'une vieille femme et je me fis appeler Ada. Je parcourus ainsi tout le pays en tentant de me racheter, de faire le bien... En toute humilité.
Mais cela ne suffit pas.

Je partais de plus en plus longtemps, de plus en plus près de la frontière.
À la frontière de notre contrée,
À la frontière de la raison.
Car de l'autre côté, j'étais comme anesthésiée.
Je parvenais à oublier, un peu.
Et c'est ainsi qu'un jour, je décidai de ne plus revenir.

En quittant l'île d'Avalon,
En quittant ce monde,
Je quittais mon frère.
Ne pouvant m'y résoudre totalement, dans ma folie, je scellai son cœur dans un petit caillou très ordinaire, gris, lisse et rond.

Le temps a passé.
Lentement,
Inexorablement,
Laissant dans son sillage la trace de son passage.

Le temps a passé.
Et j'ai fini par oublier qui j'étais réellement.
Et je suis devenue la vieille Ada, qui marche à trois temps.
Ainsi, lorsque ce galet très ordinaire tomba de ma poche, moi Ada, je n'y prêtai pas attention.
Pourtant, je perdis le seul lien qui me liait encore à notre monde :
Mon petit caillou, lisse et rond,
Le cœur de mon frère.

— De l'autre côté, je vécus à un rythme étrange. Toujours vieille et toujours Ada. Régulièrement, je m'endormais pendant quelques décennies au creux d'un arbre, invisible aux yeux des autres. Et puis je me réveillais et je m'imprégnais doucement de l'air du temps. Alors, je reprenais le cours de ma vie, simple et modeste. Qui se soucie d'une vieille femme qui marche le long des routes ?

J'aurais pu vivre ainsi éternellement...

Mais le destin en avait décidé autrement.

Car, un jour, il a fallu que je ramasse un simple caillou...

Mes sœurs s'étaient rapprochées de moi. Certaines pleuraient.
— Tu nous as tellement manqué, Morgane, notre reine.

Nous nous étreignîmes longuement.

— Mes sœurs, avant de célébrer nos retrouvailles, il nous reste un rituel important à accomplir.

Elles acquiescèrent, séchèrent leurs larmes et reprirent leur place dans le cercle.

Je sortis le petit caillou, orné, désormais, de cinq signes géométriques. Je comprenais à présent... Les éléments s'étaient gravés à chacune de mes initiations.

La Terre et Ymirée, le Végétal et Ezelwen, l'Eau et Aylinen, l'Air et Inwynn et, pour finir, le Feu et Ysgarane.

Je sortis également la boîte que m'avait offerte Aylinen.

Le petit caillou dans une main et l'écrin de nacre dans l'autre, j'entamai le chant du souvenir, suivi en chœur par les dames d'Avalon.

Le vent souffla de plus belle.

Lancinante et puissante, la mélodie nous pénétra jusqu'aux tréfonds de notre être... Elle nous envahit tout entières. Grave et profonde, elle nous fit vibrer à l'unisson, nous enveloppa, nous transporta à la fois jusqu'au cœur de la matière et au-delà de nous-mêmes.

C'était si beau que cela me faisait mal.
Nous n'étions plus qu'une seule voix, unique, forte, puissante, qui montait crescendo jusqu'à...
Jusqu'à ce que s'ouvrent les mémoires.
Jusqu'à ce que les pierres nous parlent...

Leurs voix retentirent en moi comme le tonnerre.
Brusques, herculéennes.
Les forces telluriques rugirent, puis, se turent brutalement.
Je les reçus comme un coup de poing en plein ventre.
Je vacillai.
Elles avaient délivré leur message, avaient fait volte-face, pour se figer, à nouveau, dans l'immuabilité de la matière originelle.

Je repris mon souffle.

Je contemplai le galet gravé...
Tant de puissance dans une si petite chose.
Tant de signification dans une pierre si ordinaire.
Pourtant, mon petit caillou, gris lisse et rond, était la clef.

La clef de mon retour.

Je repris mes esprits avant de délivrer son message.

— Ce n'est pas un hasard si nous nous retrouvons toutes enfin, ici et maintenant.
Jamais je n'aurais pu retrouver le chemin du retour seule.
Mais le cœur d'Arthur, que j'avais scellé dans cette pierre, m'a rappelé à lui.

Tout d'abord parce que le temps des larmes est révolu.
Je dois cesser de vivre dans le passé, et dans la culpabilité de mes erreurs, fussent-elles monumentales.
Il est temps de demander pardon.
À mon frère.
Je suis revenue dans un pays de femmes...
Pour l'amour d'un homme.

Mais, au-delà de mon destin personnel,

Le temps de la déesse-mère s'achève.
Le temps de la dualité est révolu.
Unissons la Lune au Soleil,
L'ancien au nouveau.
Séchons nos larmes.
Nous avons trop pleuré.

La déesse-mère, Gaïa, est mourante.
Mère-Nature va mal.
Unissons le païen à l'orthodoxe.
Unissons le féminin au masculin.

Jadis Lune et Soleil se sont affrontés,
Dans une lutte de pouvoir tout aussi fratricide qu'inutile.

Le temps du renouveau est venu.
Et l'espoir doit renaître.

Le petit caillou devint chaud et les symboles s'illuminèrent.

À cet instant même, la dalle de l'autel bougea légèrement. Le granit devint peu à peu tourmaline, rubis puis, finalement, cristal.

Enfin, il disparut.

Le tombeau était ouvert.
Je me penchai.
Et déposai le petit caillou sur la poitrine du roi Arthur.

Pardonne-moi, mon frère.
Pardonne-moi.

Tandis que les dames d'Avalon entonnaient le chant sacré du renouveau, je caressai son visage, toujours aussi beau...
— Puisses-tu, par ce rituel, enfin reposer en paix.
J'ouvris alors la boîte de nacre, déposai la petite graine, la larme d'Ondine et l'écaille de Mélusine sur le galet sculpté et soufflai sur l'ensemble.
Les quatre éléments réunis, le petit caillou s'ouvrit alors comme un bouton de rose, pour se transformer en une fleur aux mille pétales écarlates, embrasant toutes mes offrandes. Il tournoya sur lui-même puis s'éleva dans les airs.

Au même moment et tout en douceur, comme dans un rêve, la même fleur, mais bleue, sortit de ma propre poitrine.
Stupéfaite, je vis les deux fleurs entamer une danse subtile et harmonieuse. Bientôt, elles tournèrent à toute allure, et, très vite, je ne fus plus en mesure de les distinguer l'une de l'autre.
Après quelques instants, elles finirent par se séparer à nouveau. Cependant, elles possédaient désormais toutes deux autant de pétales bleus que de rouges.
Puis, dans un dernier éclair, elles pénétrèrent à nouveau nos cœurs respectifs.

— Petit frère...
Repose en paix.
Au-delà de la mort, tu m'as insufflé ta force.
Désormais, nous sommes unis à jamais...
... Pour que renaisse le monde celte.

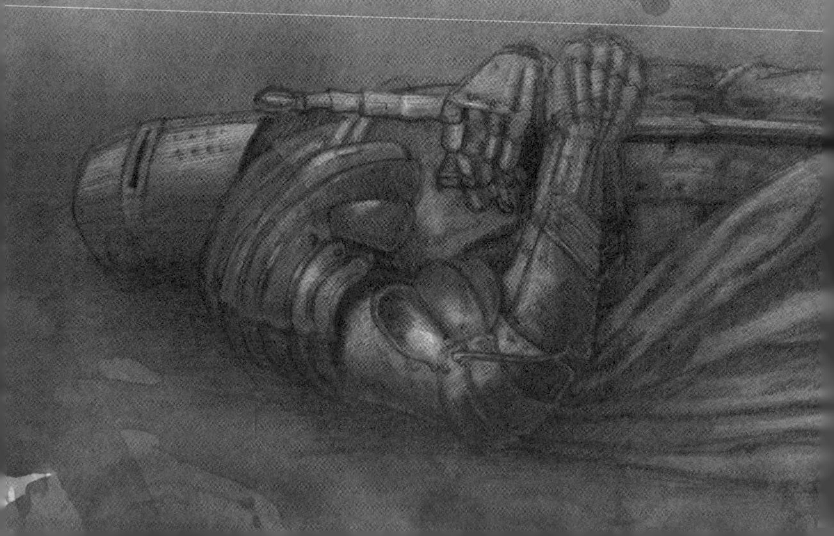

Une incroyable sérénité m'envahit, annonciatrice d'une ére nouvelle.
L'ère du Soleil et de la Lune.

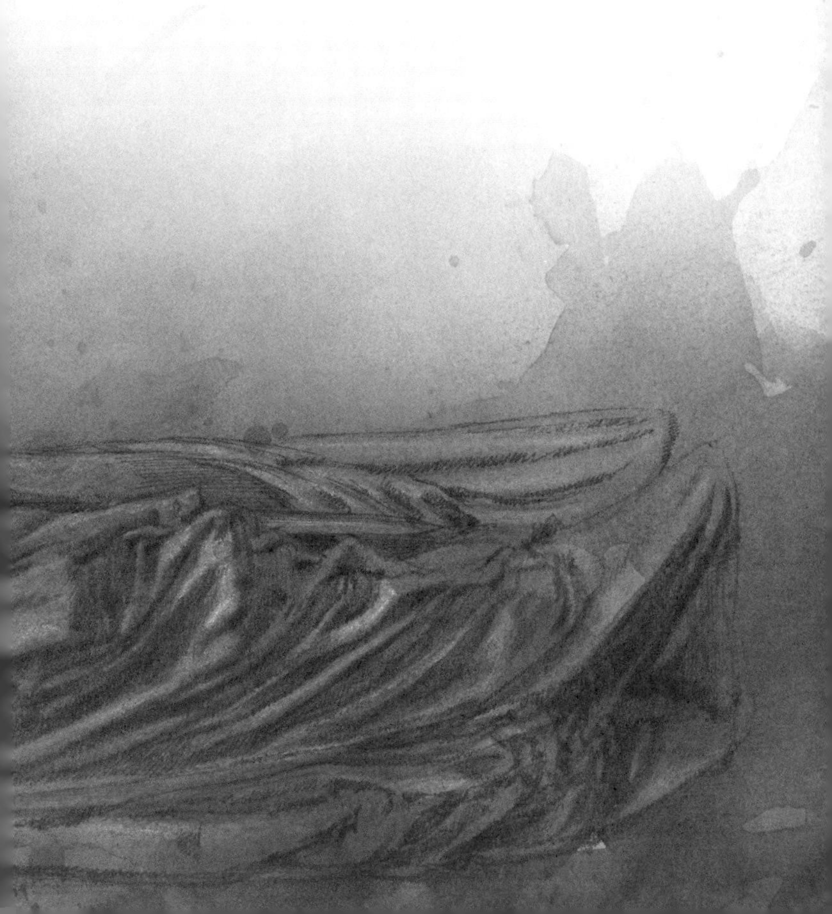

Je fus Ada, vieille femme qui marchait à trois temps,
Un petit caillou, gris, lisse et rond dans la poche.
Désormais, je suis Morgane,
Porteuse du cœur du roi Arthur.

Porteuse d'espoir.

Jadis, sombre et trouble...
Aujourd'hui, sereine et unifiée.

Il me reste beaucoup de chemin à parcourir
Et tant de choses à accomplir.
Avec l'aide de mes chères sœurs, les dames d'Avalon,
Jamais nous ne cesserons d'œuvrer pour que la déesse-mère s'unisse au dieu cornu.

Et dans le cœur des hommes,
Je place la lumière du Soleil et de la Lune,
L'âme et le cœur de Morgane et Arthur.

Sandrine Gestin

Enfant, Sandrine rêvait… Elle rêvait de légendes, de merveilleux et de féerie… Alors, tout naturellement, en grandissant, elle est devenue illustratrice. Sa bibliothèque s'est alors peu à peu remplie des ouvrages qu'elle a illustrés et son univers s'est enrichi au fil de ses toiles à l'huile, aquarelles, dessins et pastels.

C'est ainsi qu'on pourra parcourir les nombreuses Encyclopédies (du merveilleux, des légendes, des Héros, etc.) éditées par Le Pré aux Clercs et découvrir son univers personnel à travers une dizaine d'ouvrages qu'elle a illustrés et écrits Au Bord des Continents… Comme La petite Faiseuse, Le temps des Fées, son Artbook, les Dames de Brocéliande ou encore Merveilles et Légendes du petit Peuple...